TAKE
SHOBO

運命の赤い糸が引きちぎれない

次期病院長の愛でがんじがらめにされています

泉野あおい

ILLUSTRATION
赤羽チカ

蜜夢
MITSU
YUME

CONTENTS

MITSU YUME

イラスト／赤羽チカ

運命の赤い糸が引きちぎれない

次期病院長の愛でがんじがらめにされています

unmei no akai ito ga hikichigirenai

プロローグ

むかしむかし、とある神社に〝運命の赤い糸〟が見える巫女《みこ》がいたそうだ。

その巫女はたくさんの縁をつなぎ、彼女によって縁を得た夫婦の子どもや孫が今もなお神社を訪れるという。

〝運命の赤い糸〟が見えるなんて誰もが非現実的だと感じるような話なのに、これまでの彼女との関わりを思い返せば、ただの伝説だなんて思えなかった。


夜七時、矢嶋《やじま》総合病院副病院長室。

彼女の背を見送ったあと、すぐにスマホを取り出し弟の名前を探す。

三コールもしないうちに弟が電話に出た。今日は夜勤ではなかったから自宅に戻れているのだろう。

『どうした？　電話してくるなんて珍しいね』

「あぁ、今日ね。よもぎをうちに泊めたいと思ってるんだ」

『よもぎちゃんを？　え、ど、どうして？　廉《れん》は知ってるの？』

「廉にはまだ言ってない。それにうまくいくかはまだわからないんだ」

言うと、弟は深くは突っ込んでこなかった。

男女の仲に口を出すのは無粋だと思ったのだろう。

『そう、わかった』

「だから、今夜はさくらとゆっくり過ごせばいいよ」

『そうだね。そうさせてもらう』

弟の嬉《うれ》しそうな声を聞いて、通話ボタンを切る。

——これは賭けだ。

本当に〝運命の赤い糸〟なんてものがあるなら、今夜彼女を見つけることができて、ふたりの仲が進展する気がした。

いや、もし本当に会えたら必ず進展させる気でいた。

これまで七年、ずっと彼女だけを見てきた。

ひとりの男しか目に入っていない彼女を——。

第一章　運命の赤い糸・百二十メートル

――なぜだ。絶対なにかがおかしい。

私は怒りに任せながらエレベーターに乗った。

すると、自分の住む階にしかとまらないエレベーターは勝手に三十二階に進みだす。

今日は色々と勝負をかけた、はずだった。

だけど最初に『日向《ひゅうが》よもぎです』と自己紹介をした途端、その場にいた男性全員が視線をそらした。その後もなんだかすごくよそよそしい。

それは今日だけじゃない。いつもそうだ。

名前がいけないのか、それとも本気すぎる姿勢がいけないのか。たぶんだが後者だろう。

それくらい今日も私は前のめりだったのだ。

ワンピースもヒールの高い靴も下着も、そしてメイク道具までも新調したせいで、今月分の給料がもうマイナスになっているくらいには前のめりであの場に参加していた。

エレベーターが三十二階に着き、三二〇一号室の玄関扉をバーンと開く。

中に入り扉が閉まる前に、「今日もお持ち帰りされなかった」と崩れ落ちた。

すると本日も、玄関先でさくらと伸《しん》がキスをしているところに出くわした。

部屋の中まで我慢しろよ、と突っ込むのにももう飽きた。

他は見たことがないけれど、きっとどこの新婚夫婦も家ではこんなものなのだろう。

「よ、よもぎちゃん！」

「おかえり、よもぎ」

焦《あせ》る伸にも、いつも通りのさくらにも、かまわずに私は話を続ける。

「どうして……？　今日こそ、絶対にお持ち帰りしてもらえると思ったのにっ」

そう、私は今日の合コンで勝負をかけた。そのため、グイグイ行った。グイグイ、だ。

しかし、みんなは私を置いて二次会に行った。ひどい話だ。

さくらはため息をつく。

「よもぎ、せっかくの処女なんだし大事にしなよ」

「やだっ」

首を横に振った私に伸とさくらが次々と言った。

「だから何回も言ってるけど廉がいるじゃん」

「そうだよ。廉くんは長年手ぐすね引いて待ってるよ？　幼馴染《おさななじみ》のよしみで処女もらってもらいなよ。喜んでもらってくれるよ」

廉というのは、私と同じ年の幼馴染の名前だ。

廉には九歳離れた長兄の直《なお》、そして、六歳離れた次兄の伸がいる。

矢嶋直・伸・廉は矢嶋三兄弟と呼ばれ、全員が矢嶋総合病院に勤めている医師なのだ。

「いやだ。矢嶋三兄弟と関わりたくない」

「そうはいっても、俺もさくらの夫だし」

「私はそれにも反対なんだぁあああ！」

さめざめと泣いて伸に叫ぶ。

矢嶋三兄弟次男の伸と、私の姉のさくらが結婚するのだって、本来なら反対だった。

私は矢嶋三兄弟に関わってはいけないから。

なのに、まさかさくらと伸が結婚するとは、夢にも思ってなかった……いや、とにかく最初は思っていなかったのだ。

「お願い、さくら。今すぐ離婚して」

「ごめん、それだけは聞けないな。私は伸ちゃんを愛しているし」

このやりとりも毎日だ。

ふたりが嫌というほど愛し合っていることだって、私には一日でわかる。

そして、さくらがそういうことをきっぱりと言えば言うほど、伸は蕩《とろ》けるような甘い目でさくらを見つめてさらにふたりの距離は縮まるのだ。

「さくら！」

「伸ちゃん！」

ふたりは勝手に抱き合ってキスを交わす。

処女の目の前とか、何も気にしていないように……。

「私を悪者にして、ふたりで盛り上がらないでよ」

「別に悪者になんてしてないでしょ。でも、こっちが気を遣ったらあんたも気を遣うから、これが私なりの気遣いよ」

「思ってた気遣いと違う」

悲壮な私の表情を気にもせず、さくらは笑ってまた伸とキスをした。

それから、伸を押し倒す。

「だから、よもぎさえ気にならなければ別にいくらでもうちにいていいって言ってるでしょ。正直、うちは家事してもらえて助かるし。ただ、新婚だし遠慮はしないから。私は見られても構わないの」

「うっ……」

いくら仲良し姉妹と言っても、キス以上を見たいはずはない。

困って固まる私に、押し倒されているだけの伸が口を開いた。

「そうだ、よもぎちゃん。お金がないなら、うちの病院で働けば？　そしたら寮もあるし」

「やだ。矢嶋総合病院なんて矢嶋三兄弟がいるじゃん。近寄りたくない」

「私もいるんだよ？」

さくらが焚《た》きつけるように言う。

さくらは、夫の伸と同じ矢嶋総合病院に勤める内科医だ。

大人気の美人女医で、私の自慢の姉でもある。

「でも、いやなものはいや」

「ふうん。ま、出て行きたいなら頑張ってお金貯めなさい。貯金ないんでしょ」

「う……」

その通りで、私は処女を捨てるための自分磨きでお金がない。

ひとり暮らしのアパートの家賃が払えず、新婚家庭に転がり込んだという流れもあり反論の余地がない。

「とにかく！　矢嶋総合病院には行かない。自分の力でなんとかお金を貯めてここを出て行くから。だからお願い。もう少しだけここに住ませてっ」

バチンッと手を合わせて頼むと、ふたりはもちろんいいよ、と頷《うなず》いてくれた。

「ありがとう」

「さすが、優しいお姉ちゃんだね。さくらは」

「伸ちゃんこそ」

またふたりは見つめ合い、濃密なキスを交わしだす。

そこで抱き合いかねない勢いだったので、私は慌ててバスルームに飛び込み、たっぷり二時間は半身浴に勤しんだ。

このマンション、別名、〝さくらと伸の愛の巣〟を出た方がいいこともわかってる。

でも、私の職場は『名木医院』という昔からある小さな病院でここから徒歩三十分。

私はそこの受付をしていて、老夫婦で営む名木医院は患者さんも少ないので、もちろん給料は安い。要するにお金が貯まるわけがないのだ。

それでも名木医院は居心地がよかった。医院長夫妻もとても仲が良くて、優しくて。夫婦と私以外にスタッフもいないので人間関係に煩わされないのもポイントが高かった。


月曜の朝、出勤してみるとすぐ名木医院長に呼ばれた。

診察室に奥さんとふたり、並んで私を見ている。

何か嫌な予感がする……と思うなりすぐ医院長が口を開いた。

「ごめん、よもぎちゃん。うち、畳むことにしたわ」

「た、たたむって？」

「閉院するの」

（嘘《うそ》でしょ⁉）

突然の閉院宣言に呆然《ぼうぜん》とした。

「先生たちまだまだお元気じゃないですか」

「うん、そうなんだけどね」

「私、ここが好きなんです。ずっとここにいたいです」

「今まで安い給料でも頑張って働いてくれてたのにごめんね」

ふたりは本当に申し訳ない、と言いながら深く頭を下げる。

医院長は顔を上げると続けた。

「でもこれ以上続けるのは体力的にも厳しいんだ。最近特にね。それに、私が元気なうちに妻としっかり余生を楽しみたいし」

ふたりは目を合わせて微笑み合う。

仲のいいふたりの手にはしっかりふたりが思い合う証拠の〝運命の赤い糸〟。

それはふたりの指が自然と絡み合ってしまうほど短かった。

私はそれを見るともなく目に入れながら、なんとか「わかりました」とだけ頷く。

ふたりの時間はふたりだけのものだ。それは私のわがままで潰すことはできない。

ガクリとうなだれた私に医院長は微笑んだ。

「もちろん、新しい病院も紹介するから。実はもう紹介状も渡してあるんだ」

「紹介って」

「うちよりよもぎちゃんの自宅から近いし、条件もいい。あちらもぜひにと言ってくれてる。明日の十時から、一度面接に行ってみてよ」

名木医院長は、だから安心して、と付け加えた。


次の日、早速紹介された病院に足を運んだ。着くなりその大きな病院を見上げる。

さくらと伸の愛の巣から徒歩十五分。敷地面積八万平方メートル、一般病床六百床。救命救急センターもあるこの地域の中核病院。

――矢嶋総合病院だ。

ここだけは来たくなかったのに、ついに来てしまった。できればこのまま足を踏み入れずに帰りたい。

でも、そうすれば名木医院長に迷惑がかかるかもしれない。

そう考えてしぶしぶ病院内に足を踏み入れて数分後。

「よもぎ？　ここで、なにしてるんだ？」

すごく聞き覚えのある声で名前を呼ばれて、びくりと身体を震わせる。

ゆっくり振り返ると、白衣を着た廉が立っていた。

小さな頃から一緒だったから、今でも白衣の廉を見ると違和感がある。

身長は私より二十センチ高い百七十八センチ。柔らかい髪に、形の良い眉毛、二重瞼と通った鼻筋をもつ顔。急に大人っぽい顔になったくせに、笑うと途端に目元が子どものときのままになる。

私はそんな廉からふいと顔を背けた。

「なんでもない。声をかけてこないで」

「今日面接なんだろ？　何時から？」

「研修医には関係ないから口出さないでよ」

私が言うなり、廉は私の頭をぐりぐりと強く撫《な》でる。

「そういうツンデレなとこがかわいいいんだけどな」

「廉にデレたことなんてない。って勝手に触るな。撫でるな！」

私が抵抗しても廉は私の頭を撫でるのをやめない。

廉は昔から私の話なんて聞いていない。

「よもぎ、彼氏ほしさに合コンに明け暮れてるんだって？　どうして言ってくれないんだ。俺ならいつでも彼氏になってやるのに」

「結構です！」

私が怒ったとき、「どうしたの？」と優しい声が降って来た。

見上げた先に、長男で副病院長である直さんが立っている。

彼は廉と違って、最初から当たり前みたいに白衣がよく似合っていた。

さらりとした黒髪と切れ長の目、それに廉と同じく通った鼻筋。身長が百八十二センチと兄弟の中で一番高くて、面倒見のいい彼はいつも優しく目を細めて私たちを見ている。

元々この病院には副病院長というポジションはなかったが、彼が跡取りとして勤めだして数年で作ったそうだ。

最初こそ若さゆえに反発するスタッフもいたが、彼の人当たりの良さと仕事への真面目な姿勢が少しずつ伝わっていき、みんなが認めるところにまでなったとさくらから聞いている。

そんなところもみんなのお兄さんの直さんらしい。

「よもぎ、待ってたよ。行こうか」

直さんの言葉に私は頷く。廉が慌てたように手を挙げた。

「俺も行く」

「廉の指導医の永井《ながい》先生、もうオペに入るみたいだよ？」

「わ、やべっ。じゃあ、あとでな！　今日飯に行こうぜ」

「絶対行かない」

私が首を横に振っても、廉は勝手に、絶対行くぞ！　と言いながら走って行った。

（また勝手に決めて……）

走って行く廉の後ろ姿をムスッとしながら見送る。

そうは言っても、廉に無理やり連れられてご飯に行ったことは何度かある。行ってみると案外楽しくて、自分でも納得できない。

悶々《もんもん》と考えている私の頭上から、ふふっと笑う声が降ってきた。

「相変わらず廉と仲がいいね」

「よくないですよっ」

「そう？」

直さんはまた愉しげに目を細めて笑う。

何も知らないくせに、いつもの柔らかい表情を浮かべるのを見て思わず口を噤《つぐ》んだ。

こんなに優しい直さんに、私は一方的に距離を取り続けている。

直さんは全然気にもしていないだろうけど、個人的には少々の罪悪感だってあるのだ。

副病院長室に案内され、私は座りもせずに直さんに頭を下げた。

「直さん。私、他の病院も当たりたいんです」

「そうなの？　どうして？」

「ここは昔から知ってる人ばかりだから、お世話になると甘えちゃうかなぁって思うんです」

無理矢理考えた嘘の理由をはっきり告げるなり、直さんは苦笑する。

「そっか。昔からよもぎは一度決めたら曲げないからね」

「本当にごめんなさいっ」

再度深く頭を下げた。

彼ならきっと嫌な顔一つせず許してくれる。そんな甘えもあるのかもしれない。

いつだって心が広くて頼りになるみんなのお兄さんだ。

数秒後、「謝らなくていいよ、顔を上げて」と優しい声が降ってきた。

ゆっくり顔を上げるなり直さんと目があった。視線が絡むとなぜかそらせなくなって固まってしまう。

私を安心させるように彼は微笑んだ。

「よもぎのまっすぐなところはわかってるつもりだけど、本当に困ったときは頼ってね」

「はい。ありがとうございます」

もう一度深く頭を下げると、お茶でも飲んでいってという直さんの誘いを断ってすぐに副病院長室を出た。

それから二か月、季節は春から夏に移り変わろうとしている。

名木医院はなくなり、私は再就職活動に明け暮れていた。しかし——。

「こんなに落ちる？」

今日も元気に不採用通知のメールと書類が私のもとに届いていたのだ。

「不採用通知こわい、不採用通知こわい……」

あまりの不採用通知の多さに、私の精神は崩壊しようとしていた。

これだけ不採用通知を受けると、世界に必要とされていないのか、という気にさえさせられるから不思議だ。

帰ってきたさくらも、不採用通知の束を見て驚いた。

「え？　そんなに落ちたの？　他はまだあるの？」

「次はここから三時間のとこ」

名木医院は直さんに紹介してもらい、一発で採用されたので、実はこれまで就職活動らしい活動をしたことがなかった。

実力だけで転職活動をするのは初めてだが、それにしても落ちすぎではないだろうか。

自宅に近い病院から順番に受け、ことごとく落ちているのだ。

確かに、私はこれまで小さな医院の受付しかしてこなかったけど、受付事務は案外いつでも募集があるものだ。

一応経験者でもある私がこんなに落ちるとは思ってもいなかった。

さくらは眉を寄せる。

「ここから三時間かかるって、本当にそんなところを受けるつもりなの？　やめときなよ」

「う……。でも受かった病院の近くに引っ越せばいいだけだし」

「私とも会えなくなるよ？」

さくらにズバリと言われて怯《ひる》んでしまう。

私はシスコンだ。昔から、さくらは忙しい両親に代わって、私の面倒をよく見てくれていた。

親代わりのうえに賢かったので、私にとって本当に自慢の姉なのだ。

近くでひとり暮らしをしていたときも、週に三日は会っていた。

距離ができれば会いにくくなるのは明白である。

「うちの病院でいいじゃない。総合的に考えたら一番いいよ。直さんだって頼んだら受け入れてくれるよ」

さくらは諭すようにゆっくり言う。

でも、と慌てて私は首を横に振った。

「矢嶋総合病院は嫌なの」

「よもぎは〝運命の赤い糸〟がまだ見えてるんでしょ？　やっぱり総合病院だと関わる人

数も多くて煩わしい？」

　そう言われてさくらの目を見る。さくらは柔らかく微笑んだ。

「大丈夫よ。うちは事務もいい人ばかりだから。直さんの人徳なのかもしれないけど」

「う……うん。そこはわかってる」

「あんたは昔から糸のことだけはあまり詳しく教えてくれないもんね。おばあちゃんから言われてるからでしょ。でも、一つ教えてよ。私の〝運命の赤い糸〟はどう？」

「しっかり繋《つな》がってるよ」

「よもぎは？」

　突然問われ、自分の左手の薬指を見る。

　くい、と引っぱってみたけど、やっぱりそれはちぎれそうもない。

　以前、ハサミや包丁まで持ち出してみたけど無理だった。

　――私には昔から〝運命の赤い糸〟が見える。

　嘘のような話だが本当だ。

　左手の薬指から相手の薬指に繋がる赤い糸は長くなったり短くなったりする。心理的な距離が糸の長さに現れるのだ。

　付き合う前などは繋がっているものの何十メートルもあり、両思いになると数メートルになる。ラブラブな新婚家庭でも一メートルくらいはある。

　しかし、長年連れそった夫婦のうちほんの一握りだけが、薬指同士が絡まるんじゃないかというほど糸が短くなることが最近わかった。

　あの名木夫妻のように……。

「よもぎの糸は、誰と繋がってるの？」

「それは――」

　呟《つぶや》いて口を噤む。

「昔からよもぎは私に相手も教えてくれなかったよね」

「ごめん。でも、私は過去に一度だけ、これがちぎれて相手が変わった人を見たことがある。だから、運命は変えられる」

「そうなの？」

　さくらが首をかしげ、私は頷く。

「だから私の〝運命の赤い糸〟だって引きちぎってやる！」

　言いながら自分の赤い糸を思いっきり引っぱってみたけど、やっぱりそれはちぎれなかった。


　そうは言いつつも、それからいろいろとあった。

　簡単にまとめれば、家から三時間かかる病院も五時間かかる病院までも落ちたのだ。

（なに？　もしかして厄年なの？）

　しかし、今年は厄年ではないはずだ。

しかも前回の厄年には、伯父が継いだ春日園神社でしっかり厄除けの祈禱《きとう》を受けている。

(じゃあ、ただの私の実力、もしくは人間力不足って理由ね)

納得しながらも私の心はぽっきり折れた。

今まであった色々なことが走馬灯のように思い出されたし、走馬灯状態ということは、私はもう死ぬのかと思ったくらいだ。

私は二十五年も生きてきて、どの職場でも必要とされていない存在らしい。

心の中が真っ白の灰でいっぱいになって、そこに北風がぴゅーっと通り抜けたとき、見かねた伸とさくらが無理矢理に近い形で私を矢嶋総合病院に押し込んだ。

完全に折れていた私の心は、優しく出迎えてくれた矢嶋総合病院事務員さんたちによって、優しく包帯が巻かれ、処置が施された。

病院の大きさは違っても、仕事内容が似ているので覚えるのも早くて、みんなは『助かる』『来てくれて嬉しいわぁ』とあたたかい声かけまでしてくれるのだ。

(こんな私でも必要としてくれる人もいるんだなぁ)

職場のみなさんの優しさに絆《ほだ》され、矢嶋総合病院にルンルンと通っているときにふと気づいた。

(あれぇ? いつのまにここで楽しく仕事することになってるんだっけ)

なぜか病院の受付しかないと思い込んでこだわりすぎていたのかもしれない。

名木医院での経験のせいか、私ってやっぱり病院の受付事務に向いてるなぁと刷り込まれてしまっていた。

医療事務の資格を持っているからといって、絶対に病院の事務しか仕事をしてはいけないと決まってないはずだ。

そうだ、普通の事務だ。普通の事務員に就職すればよかったんだ。

「って思うんだけど、どう思う?」

私はその日の昼休み、聞きながら唐揚げを一つ口に放り入れた。

矢嶋総合病院の食堂の唐揚げ定食はかなりおいしい。

衣はサクサク、一口食べるとじゅわーと鶏もも肉の旨味が口の中いっぱいにひろがり、どこの唐揚げよりおいしいと私は思っている。

さらに唐揚げ定食だけ他の定食より百二十円も安く、三百八十円とリーズナブルだ。

そんなわけで、矢嶋総合病院に勤めだしてから毎日こればかり食べている。

唐揚げを頬張る目の前の私を見て、焼き魚定食を食べていたさくらはため息をついた。

「とにかく、せっかく雇用してもらっておいて一か月でやめるっていうのはどうかと思うわ。給料も断然上がったんでしょ?」

「それはそうだけど……」

たしかに矢嶋総合病院は給料もいい。仕事も人間関係も最高だ。唐揚げも安くておいしい。

こんな職場は他にない。

矢嶋三兄弟と一緒なのは私にとって不安でしかなかったが、実際に入ってみれば、三兄弟みんな忙しく仕事していて、よく会うのは一緒に住んでいる伸だけ。

時々、廉と直さんの顔を見かけても、ふたりはいつも忙しそうにしていて避けやすい。

「私はこうやってよもぎと一緒にお昼ごはんが食べられて嬉しいわ」

さくらはいつものように早く食べ終え、お茶を流し込む。

私はさくらの言葉にぱぁっと心が明るくなった。

「私もさくらと昼に会えるから嬉しい。最近、さくらも伸も帰ってくるのが遅いもんね」

「そうなの。伸ちゃんとは忙しくてすれ違い続きよ。でも今日は私も伸ちゃんも早く帰れるわ」

頷いたが、私は私で終業後に頼まれている事務仕事を思い出した。

残業代もかなり出るので、どんどん残業を引き受けているのである。

「今日は私が遅くなるんだ。冷蔵庫にカレーが入ってるから温めて食べて」

「ありがとう」

残業できるおかげで周りの評価もうなぎ上りだ。もちろんお金も貯められる。

結局のところ、矢嶋総合病院は最高の職場で辞める理由は一つも見当たらない。

それがわかって息を吐いた。そのとき、

「よもぎ！　やっぱりここだ。今日は会えた！」

大きな声が聞こえて、つい眉をひそめた。

振り向くなり、同じ唐揚げ定食をもった廉が勝手に私の隣に座る。

座るときに廉からふわっと消毒液の匂いがして、顔が熱くなる。

慌てて首を横に振りながら無理矢理顔をしかめた。

「勝手に座らないでよ」

「いいですよね？　未来の妻のお姉さん」

「もちろんいいわよぅ。妹の未来の夫よ」

「『未来の妻のお姉さん』言うな！　っていうか、さくらも合意しないでよ。廉が私の夫になる予定はないのっ」

私が叫んだ声のせいで、周囲の視線を感じて口を噤んだ。

チラッと視線を上げると、周りの看護師や女性医師までこちらを見ている。

（こういうのが嫌なのよ）

ただでさえ、アンタッチャブルな三兄弟なのに、廉は声が大きくて目立つ。それに私ものせられてしまう。さらに――。

「頬に米粒ついてるぞ」

「へ？」

頬についた米粒を取られ、パクリと食べられた。

それを見て、嫌でも自分の顔が赤くなっていくのを感じる。

「ひ、人の米を勝手に食べないでよっ」

「本当はそのまま唇で取りたいところを我慢してやったんだぞ」

「絶対やめて！」

私が泣いて叫ぶなり、前で見ていたさくらが息を吐く。

「まったく、よもぎは相変わらずツンデレなんだから」

「デレてないわよっ。どこにデレる要素があったのよ」

代わりに廉がデレデレした表情をした。

「ほんと、かわいいでしょ。俺のよもぎ」

「廉のものになった覚えもないし、これからもない。不吉なことを言わないで」

「不吉なことじゃなくて、ただの俺の願望だ」

「くっ……！」

（何を言っても打ち返される！）

言い返せないので悔しくなり、ふいと顔を背けた。

さくらは微笑んで口を開く。

「ホント昔からふたりは仲良しよね」

「仲良くない」

「こんなこと言ってても、よもぎは俺が好きだって本心はわかってますから」

「勝手に私の本心を捏造《ねつぞう》しないでっ。あぁ、頭が痛い……」

「じっくり診てやろうか？」

「いらない！」

頭を抱える私と楽しそうな廉に苦笑して、さくらは早々に席を立った。

「私、午後一にカンファレンスだから先に行くわね」

「あ、私も行く」

立ち上がろうとしたとき、廉が私の手首を摑《つか》んでそこにとどまらせた。

昔は同じくらいだったのに、いつのまにか私より随分大きくなった手で強く摑まれると
ピクリとも動かせない。

「よもぎはちょっと待てよ」

「な、なにっ」

私が困っているというのに、さくらは、じゃあね、と先に行ってしまう。

慌てて手をぶんぶん振って逃げようとしたけれど、摑まれた手は全く動かなかった。

「あのさ……なんか俺を避けてない？」

聞かれてドキリとする。できるだけ動揺を隠して返事をした。

「あなたは先生。私は受付事務。私たちはただの知り合い。いいですか、先生？」

「ただの知り合いじゃないだろ」

廉はぴしゃりと言って続けた。

「俺はよもぎが好きだ。ずっと好きだった」

「……っ」

なんで真っ昼間の職場の食堂で告白されなければならないのだ。

しかし、あまりにもストレートな告白はやけに顔を熱くさせ、心臓を落ち着かないものにさせた。

「よもぎ？　よもぎは俺をどう思ってる？」

「私は好きじゃない！」

「伸から聞いたんだ。よもぎが彼氏がほしい理由」

いつものふざけたものとは違う真剣な眼差しで睨《にら》まれた。凍ったように動けなくなる。

「それは……」

「『処女捨てたい』ってなんだよ？　捨てるくらいならくれよ。俺が一番ほしいって思ってるものだ！」

「いやだ」

「なんで」

「私は廉が一番嫌いだからよっ」

「嘘つけ」

「嘘じゃない。離してください。仕事に遅れますから」

できるだけ冷静な低い声で廉に告げる。

廉は小さく息を吐き、やっと手を離してくれた。

——捨てるくらいならくれよ。俺が一番ほしいって思ってるものだ！

（なによそれ。ばか、廉。一度、食堂の冷凍庫で一晩冷やされればいいのよ！　少しは冷静になるわ。冷静になってないのは私も一緒だけどさ……）


昼からは何度も廉の言葉を思い出して仕事にならなかった。

気づいたら夕方。

一般診療の受付は終わり、私と事務の先輩である松井公子《まついきみこ》さんは残って、副病院長室の書類の整理を手伝う予定になっていた。

しかし松井さんは、お子さんのお迎えがあるので最初の一時間だけで帰ってしまう。大きなデスクと本棚、応接セットがある広い副病院長室に直さんとふたりきりになってしまった。

気まずさを感じたところで、直さんが緊張した空気をほぐすように優しく微笑んだ。

「よもぎ、片付けまで手伝わせてごめんね。秘書がいないから自分でやるしかないんだけど、どうも整理は昔から苦手でさ」

「いえ。残業代も出るのでむしろ助かります。今日は金曜で明日休みだしいくらでも。これをファイリングしておけばいいですか？」

「うん、よろしく」

昔、直さんの部屋には入ったことがあるけど、きちんと整理されていたように思う。

彼が今使っている副病院長室だって、一見、綺麗《きれい》には見えた。

しかし、引き出しの中には書類が無造作にたくさん詰め込まれていたのだ。

(部屋はいつも綺麗にしてると思ってたけど、中を開いてみると実はこんな感じだったのかな)

みんなのお兄さんの意外過ぎる一面に思わず苦笑して整理を続ける。

すると、直さんが優しいトーンで話しかけてきた。

「うちで働いてみてどう?」

「みなさん優しいし、特に松井さんが気さくで何でも聞けるのもとても助かります」

「そう、よかった」

彼はホッとしたように息を吐く。

副病院長で現場にも出ていて、いつだって忙しそうにしているのに、私みたいな事務系のスタッフにまで気が回るところがすごく直さんらしい。

(変に緊張する必要なんて少しもないんだよね……)

そう思ったところで、突然彼は話題を変えた。

「そういえば、昼は廉とケンカしてたね」

直さんの言葉に一瞬固まり、なんとか返事をする。

「見られてましたか」

「廉もよもぎも声が大きいから」

「ごめんなさい」

慌てて最後の書類を綴《と》じ終えて立ち上がった。

「終わりました。では、これで失礼しますね」

「あ、ちょっと待って」

「え？」

直さんは眉を寄せた私に苦笑すると、引き出しから封筒を取り出す。

「これも綴じるものですか？」

「ううん。これは寮の書類なの。よもぎは伸とさくらのとこに住んでるって知ってるけど、一応説明だけはしておかないと、と思って。寮っていっても、ここから徒歩十分のマンションをうちが買い取ってそこを賃貸しているんだ」

直さんは封筒から書類を取り出して見せる。

そこにはこれまで何度か目にした記憶のある築浅のマンションが写っていた。

「あの綺麗なマンションですか？　そんなところが寮？　すごいですね」

「うん、月二万だけ共益費がかかるんだけどね。それは給料から天引き」

安い家賃に私の心がぐらりと揺れる。

「たった二万ですか」

「とりあえず説明だけしたかったんだ」

直さんは時計を見て、書類を封筒に戻すと私に手渡してくれた。

「じゃあ、これ。もう七時だ。ごめんね、今日はつきあわせて」

「いいえ、全然。失礼します」

「いい子だから、寄り道せずにまっすぐ帰るんだよ」

「はい」

頭を下げ、副病院長室を出た。と同時に直さんはどこかに電話をかけているようだった。

やっぱり副病院長はなんだかんだと忙しそうだ。

私はそのまままっすぐ自宅に向かうとエレベーターに乗りこむ。

「やっぱりちょっと疲れたなぁ」

特に、今日一日は色々あったから。

廉が突然、真剣に告白なんてしてくるし。

(一番ほしいってなによ……。あぁ、もう考えたくない!)

こういう日は、お酒が飲みたくなる。

お酒は好きだけど弱いので、外で飲むのは控えている。合コンでも飲まない。

ただし家では晩酌をする。家だと酔っても問題ないからだ。

(さくらも今日は早いって言ってたし、一緒に乾杯でもしようかな)

三十二階に着き、さて、と部屋に入ろうとした玄関ドアの向こう。

『さくらっ……』

妙に艶っぽい伸の声が聞こえた気がした。

ドアノブに伸ばした手が固まったまま、鍵を開けずに、そっと玄関ドアに耳をつける。

『ん、……だめっ！　伸ちゃん、こんなとこで。あ、ちょっ……待って！』

『ごめん、待てない』

『んんっ……なんで、今日そんな強引にっ、あっ、んんっ、そこ、やあ、だめだってぇっ』

（これ、子どもが聞いちゃダメなやつだ――――！）

慌てて踵《きびす》を返して、エレベーターに飛び乗った。

エレベーターはまっすぐ一階に向かう。

バクバクと心臓が痛いくらい脈打っていた。

耳に残ってしまった声に耳をふさいでギュウと小さくなって座り込む。

「お願いだから、玄関でしないでよぉおおおお！」

家に入れやしない。いや、そういう問題じゃない。

これまでもキスくらいは見た経験がある。でも全然違った。

どうしよう。なんだかものすっごい気まずい。帰って顔を合わせにくい。

（あんなの聞いてこれからどうすればいいのよっ）

忘れようと頭を振れば振るほど、先ほどのふたりの声が頭の中をぐるぐる回る。

ふたりでじゃれ合っているときとも全然違う艶っぽい声。

あまりあとさき考えずに処女を捨てたいと思っていたけど、あんな艶っぽい声とか、雰囲気とか、私には恥ずかしすぎて耐えられない。

そんな自分を誰かに晒《さら》すのも絶対無理だ。

エレベーターが一階に着くなり、すべてを忘れようともう一度強く頭を振って、久しぶりにひとりで飲みに行くことを決めた。

どうしても今日は素面でいられなかった。

まっすぐ向かったのは近くのダイニングバーだ。

以前惨敗した合コンで行ったことがあり、そのときは飲まなかったのだけど、雰囲気も良かったのでいつかここで飲んでみたいと思っていたのだ。

(今日はとことん飲んでやる！)

カウンターに座り、最初はビール二杯。それからワイン一杯。おつまみはチーズの盛り合わせ、ひとりなのにピザまで頼んだ。

グラスが空いたら、今度は種類豊富なカクテルに移る。

金曜日だというのも相まってつい飲みすぎてお会計が気になったけど、追加でさらに一杯頼んだとき、男の人に声をかけられた。

「よもぎ、何してるの？　ひとり？」

(もしかして廉……？)

ふらふらしながら顔を上げる。

しかし予想に反してそこにいたのは直さんだった。

(なんで？　なんで、直さんなの……)

つい眉をひそめ、気づいたら「ひとりじゃ悪いれすか！」と叫んでいた。

直さんは優しく笑って肩をすくめる。

「あぁ……。これは相当酔ってるね」

そこから直さんが隣に座って、私はプラス二杯くらい飲んだ気がする。

何を話したかあまり覚えていないけど、気づいたら直さんに支えられて店を出ていた。

「よもぎ、うちに帰れる？」

「だめ。伸とさくらがエッチしてるからぁ」

「そう。それは困ったね」

直さんはそう言って、全く照れるそぶりもせずに苦笑する。

彼はすごく大人だ。私なんかよりも随分大人。

ああいうことも全部知ってるんだろう。直さんはずっとみんなのお兄さんだったから。

(昔からずっとお兄さんでいてくれたから私は——)


気づいたら別の場所に移動していて、目の前で直さんが私をじっと見ていた。

「あれぇ？　ここ、どこれすかぁ？」

「とりあえずうちに連れて来たよ。よもぎ、大丈夫？　気持ち悪くない？」

「うち……」

うちって家ってことだよね。

家。直さんの部屋。そしてふわふわのダブルサイズのベッドの上。

（ベッド⁉）

一気に酔いが醒めてベッドから飛び降りる。

「もうらいじょうぶれす！　帰れます、帰りますからっ」

「危ないからちょっとだけ休んで」

「離して！」

混乱して彼の制止する手を強く振り解く。

次の瞬間、胃からこみ上げる気持ち悪さに私は口を覆った。

「な、直さん。はきまふ……！」

「吐く？」

「吐く。と、といれどこれすかっ」

「こっちだよ」

超絶急いでいるのに、彼はのんびり私を案内する。

廊下もどこもかしこもきれいで、こんなところで吐くわけにはいかないと、私の最後の理性が限界を超えても私を我慢させてくれた。

「出る！　もう出るぅううう」

「いいよ、どこで出しても」

（そういう優しさがほしいんじゃない！）

泣きそうになった瞬間、やっとトイレに辿《たど》り着いた。

「で、出てって！　直さん、出て行って！」

でも彼は私の横で私の背中を撫で続ける。しかも顔をしっかりと凝視しながら。

「大丈夫だから、全部出していいよ」

「みないれぇ」

「全部、見せて」

「やだぁあああ！」

（だから、そういう優しさはほしくないんだって！）

とはいえ我慢はできなかった。

直さんは嫌な顔一つせずに私を見ていたけど、私にとっては絶対に見られたくない場面だったので、視線をそらしてくれない彼が悪魔にさえ見えた。


やっと悪夢のような時間が終わり、うなだれた私を彼はお姫様抱っこでベッドまで運ぶ。

ベッドにそっと寝かされ、冷たいペットボトルの水を渡された。

「よもぎ、大丈夫？」

「うう……もうお嫁にいけない。全部わすれてくらさい」

私は泣きながら水を飲み干し、直さんがボトルを回収してくれる。

（もういろいろ最悪だ）

どうして今日に限って彼と出会ってしまったんだろう。

私は、忘れてぇ、と何度も呟いて、枕に顔をうずめる。するとまだお酒も残っていたのか、すぐに意識が飛びはじめた。

「だめだよ、絶対に忘れない」

低い声と髪に落ちるキスの感触。

「ろうして、私の糸は廉じゃなくて、直さんに繋がってるんれしょう」

そう呟いた私の声も、

「僕はそれに何度感謝したかわからないよ」

そう呟いた直さんの声も……。

夜の闇に溶けて消えた。

第二章　三十↓十五メートル

まるで雲の上にいるみたいにふわふわして安心する。

覚えてないけどいい夢を見たなぁと思いながらそっと目を開けた。

すると全くいい状況ではない。

（ここはどこ？）

固まっている私に、ベッドサイドの椅子に座っていた直さんが目を細める。

「おはよう、よもぎ」

「直さん⁉」

慌てて飛び起きた。冷や汗が止まらない。

私がいたのは、十五畳ほどある広い部屋のダブルベッドの上。

見渡せばものは少なく綺麗な部屋。ベッド以外は、サイドテーブルと本棚と椅子が整然と並んでいるだけ。

落ち着いた色調のブラウンのカーテンは開けられ、明るい光が差し込んでいた。

そして目の前にいるのは矢嶋三兄弟の長男・矢嶋直さん。

（なんで直さんがいるの？　そういえばダイニングバーで会って、それから……）

昨夜、彼に会ったあとがどうにもはっきり思い出せない。

頭がグラリと揺れて、自分が二日酔いであることに気づいた。

「大丈夫？」

直さんはいつも通りの口調と優しい笑顔で私の髪を撫でる。

変わらない直さんに、ただ保護されただけなのかな、と感じ息を吐いて下を向く。

しかし、自分の服に目を向けた瞬間、泣きそうになった。

（見た覚えのないルームウェアを着ているじゃないのさ！）

「ルームウェア、これなんですか？　もしかして直さんの彼女のとかですか？　昨日ここに彼女もいて、私に着せたとか」

（できればそうであってくださいっ）

祈ってみたけど、彼はサラリと真相を告げる。

「まさか。僕、彼女なんていないよ。それ僕が買ってきたんだ」

「買って、って……まさか着替えさせたんですか？」

（裸を見られたの？）

頬を熱くして言うなり、直さんは当たり前のように頷いた。

「だって、よもぎ、ここでももう一度吐いたし」

「もう一度？　吐いた？」

「覚えてない？　昨日トイレで嘔吐して、その後寝たと思ったらベッドでもう一度。だからシーツも交換して、ついでによもぎも着替えさせておいただけ」

（私ってやつはなにをやってるんだ！）

恥ずかしさと、情けなさに涙が出てくる。

今すぐ壁に頭を打ち付けたいけど、すでにそれくらい頭が痛い。

「よもぎは全然覚えてないんだ？」

「店で直さんに会ったことは何となく」

彼はうなだれる私の頭を撫で続ける。子どもみたいに扱われるのは嫌だったけど、ことに彼に関して言えば、例外だった。

これからもずっと子どもとか、妹とか、そういう立場でいたかったから。

直さんもそれくらいにしか私を思ってないだろうけど、今回の件はさすがにちょっとまずい。大きく息を吸い、視線を上げて直さんを見た。

「み、見ました、よね？　わ、私の裸」

彼が一瞬キョトンとして、それから優しく微笑む。

「恥ずかしがらなくて大丈夫だよ。見慣れてるし」

「見慣れてる？　あぁ……」

裸を見られて女性として意識されたらどうしようなんて考えてしまったけど違うだろう。

（だよね。直さんって私なんかよりずっとモテてたもんね。しかも相手は綺麗な人ばかり）

私の考えを見透かしたように彼は苦笑して、「患者さんでね」と加えた。

「ですよね！　患者さんですよね」

私だけおかしなことを考えたようで恥ずかしい。

直さんは廉と違って立派なお医者さまだし、妹みたいな小娘の裸を見たって何も感じないだろう。自意識過剰にもほどがある。

笑顔で私を見ている彼からは、破廉恥な雰囲気は一切感じなかった。

だから私は心底ホッとしていたのだ。

それから息を吸って少し落ち着くなり、ぺこりと頭を下げた。

「本当にごめんなさい。ご迷惑をおかけしました」

まるで困った妹でも見るように直さんは肩をすくめる。

いつもと変わらない彼に安心していた。

いつだって家族みたいな立ち位置に直さんがいてくれたから、これまで大きな罪悪感を持たずに済んだんだ。

「とにかくシャワーを浴びておいで。バスルームはここを出て廊下の左の突き当り」

「はい。ありがとうございます」

バスルームで熱いシャワーを頭から浴びると、少しすっきりした。

直さんだから何も起きなかったけど、同じ状況で相手が廉なら絶対に私はもう処女ではなくなっていた。

「でも、本当はそっちの方がよかったのかなぁ」

ふいに呟いてしまってハッとする。

（いや、それはよくない。絶対よくないに決まってる。バカか、私は！）

ガシガシ頭を掻《か》いていると、バスルームの外に直さんが立っていて声を掛けられた。

「よもぎ？　タオル、外に置いておくから」

「は、はいっ！　ありがとうございます」

彼は相変わらず誰にだって優しくて、私にも優しくて。

そんな相手だったからこそ、安心して引きちぎればいいって思ってた。

――直さんなら、赤い糸が繋がっていない相手とでもうまくいくでしょう？

そんなふうに考えていたのだけれど――。

バスルームから出たところに、タオルと歯ブラシ、服まで置いてあった。

服は薄いピンクのワンピースで着てみるとぴったり。

「直さん、これも買ってくれたんですか？　それとも元彼女の？」

リビングのテーブルの上に朝食をふたり分並べている後ろ姿に聞いてみた。

直さんは振り返るなり、満面の笑みでワンピースに身を包んだ私を見る。

「ルームウェアのついでに買ったんだ」

面倒見がいい直さんらしい。

「両方、ちゃんとお金を払います」

「いいよ、そんなの。それにしても、それ、本当によもぎによく似合ってる」

ただの社交辞令で褒められただけなのに、一瞬、胸がドキリとした。

なんだか恥ずかしくなって、思わず顔を背けるように下を向く。

「ほ、本当に、色々ご迷惑をおかけしてごめんなさい」

「平気だよ」

「でも……」

私は、直さんを見上げる。すると、真剣な瞳をした彼と目が合った。

時々、直さんと視線が絡むと捕まえられたようになぜかそらせなくなった。

固まってしまった私を見て、彼は穏やかに笑う。そして私をテーブルにつかせた。

「本当に平気だから。ほら、温かいうちにご飯食べて」

「はい」

「これ、二日酔いに効くから。あまり食べられそうになかったら、これだけでも飲んで」

加えてしじみのお味噌《みそ》汁まで渡される。

「ありがとうございます」

(ずっと直さんをお兄さんみたいだと思っていたけど、今はお母さんみたいだ)

ホッとし、いただきます、と手渡された味噌汁を飲む。

彼も目の前の席に静かに座って食べながら話し出した。

「それにしても昨日は大変だったね」

「え？」

「さくらと伸がセックスしてるとこに出くわしたんでしょ」

「ぶぅっ！」

思いっきり味噌汁を吹き出してしまう。

直さんは自分がとんでもない発言をした張本人のくせに、肩をすくめながら私の横まで来て拭いてくれた。顔も手も、丁寧に。

「な、直さん⁉」

「なに？」

慌てる私に、なにがおかしいの？　というように彼は首を傾げていた。

私には経験がないから過剰に反応してしまっているだけなんだろうか。

「い、いいえ。直さん、そういうこと割と普通に言うんだなぁって、驚いただけです」

「だって、恋人や夫婦はセックスするのが当たり前でしょ。僕だって〝好きな人〟とは、当たり前に毎日何回もしたくなるよ？」

「毎日何回もって！」

（どれだけする気なのよっ）

彼から繰り出される予想外の言葉の数々に思わず叫ぶと、彼は愉しそうに微笑む。

直さんって全然そういう感じじゃないと思ってた。

なんていうか、結婚してすぐ老夫婦みたいに縁側に座ってふたりでお茶を飲むとか、そんな感じの人だろうって。

だってこれまで一切、彼から、色気とか性欲とかそんなものを感じなかったから。

（直さんにも性欲ってあるんだなぁ……。当たり前か。今は忙しくてそういう噂《うわさ》は聞かないけど、昔、彼女がいたもんね）

とはいってもやっぱり直さんのあれこれなんて、さくらと伸や廉以上に想像できない。私が意識的に避けていたのもあったのか、これまで彼とこんな話をした覚えもなかったし。

（私は直さんとこういう話するの、なんだか恥ずかしくてずっとドキドキしてるのに）

すごく変な感じだ。もしかして、親とこの手の話題はしにくいのと一緒なのかもしれない。

そんなふうに結論付けたとき、直さんが言った。

「でもね？　よもぎ。付き合ってもいない相手と『誰でもいいから』っていう考え方はいけないと思うな」

目を見開いて彼を見つめる。彼はこれまでにないほど真剣な表情をしていた。

私は悪いことが見つかったときようにシュンとなる。

「直さん。知ってたんですか」

「やっぱり知らないと思っていたんだ。僕をその程度にしか思っていなかったもんね」

急にピシャリと冷たい声が降る。

今まで聞いた覚えのないほど低い声で私の背中はゾクリと冷えた。

そのとき、ふとあることに気づいた。

(あれ？　直さん、なんで私の目の前にいるんだっけ？)

私が吹き出しちゃったお味噌汁を拭いて、そのままそこにいるってだけだよね。

身体も顔も固まったままの私の頬を、直さんはするりと撫でた。

驚くほど熱い彼の手のひらに背中が粟立《あわだ》つ。

「かわいいな、よもぎは。『いい子』だから、そのままでいてね」

(なに……？)

頭の中では動かないといけないと思っているのに、不思議と身体はピクリとも動かない。

ぐ、と足を踏ん張っても立ち上がることすらできなかった。

「よもぎ。ごめんね」

直さんは言いながら顔をゆっくり近づけてくる。まるでスローモーションのように見えた。

「ふぅ、んんっ……！」

呆然としていた私の唇に彼の唇が合わさった。

(なんで？　キスされてる！)

両手で直さんの胸板を押してもなんの効果もなく、直さんのもう片方の手が私の後頭部

を固定する。角度を変えてさらにキスをされた。

突然の出来事にわけがわからなくて固まっていると、彼が笑った気配がした。

——やっぱり知らないと思っていたんだ。僕をその程度にしか思っていなかったもんね。

さっきの彼の言葉が頭を巡る。

確かにそうだ。私のこれまでの人生の中心は、私とさくら、それに廉だった。

直さんは私たちをいつも温かく見守ってくれるみんなのお兄さん。それだけだったはずだ。

私と彼の〝運命の赤い糸〟が繋がっているのもほんの偶然みたいなもので、だからかずっと百メートル以上はあって、それは他のどんな赤い糸より長かった。

もしかしたら、残り物同士を神様がくっつけただけなんじゃないかって思ったくらいだ。

なのに——。

直さんの唇がやっと離れたと思ったら、またキスをされる。

その身体を叩《たた》くように押したら、やっと彼の唇と身体が離れた。

「直さん！」

私は叫んで、目の前の彼を睨んだ。

でもさっきまでキスしていたと思ったら落ち着かなくて、すぐに視線をそらしてしまう。

直さんの表情はわからないけど、彼はいつもと変わらない口調で「なに？」とだけ聞いた。

「なに、って……。なんで突然こんなこと。……ぁっ！」

そらした視線の先。いつもの〝それ〟の変化に気づく。これまでたくさん見てきたから、パッと見ただけで大体どれくらいの長さかわかる〝それ〟。

いつだって百メートル以上はあって、グルグルと何重にも巻かれていたはずの私と彼を繋ぐ赤い糸の束が、これまでの四分の一ほどの長さになっているのだ。

こんなに短時間で、さらにこれだけ一気に縮まるのを見たのははじめてだった。

（どういう原理でこんなに突然短くなったの！　誤作動？）

「な、なんで、こんなに……！」

「よもぎ？　何を焦っているの？」

青ざめる私に、直さんはクスリと笑って聞いてくる。

赤い糸のことは知られてはいけないと慌てて糸から視線をそらし、しどろもどろに答えた。

「そ、そ、それは、な、直さんがキスなんてするから、焦るに決まって……」

「それだけじゃないでしょ」

はっきり言われて、そのまままた後頭部を持たれる。

（またキスされる？）

身構えた瞬間、彼が「よもぎ、舌出して？」とゆっくり微笑んだ。

「な、なに？」

「ほら舌だよ。口開けて舌出すの。こうやって」

少し口を開けて舌を出す直さんを見て、首を横に振る。

だって嫌な予感しかしないんだもの。

「しません」

「よもぎは『いい子』だから、上手にできるよ？」

頭の上から降ってくる彼の優しい声。思わず彼の目を見ると、視線が絡まる。

次の瞬間には、自然と口が開いて舌を出していた。

直さんは当たり前のように私にキスをして、自分の舌を私の舌に絡めた。

「んんんっ！」

粘着質な音がして、口の中が一気に熱くなる。

それに比例して自分の熱なのか、直さんの熱なのかわからないけど、顔も身体も熱くなって、頭がぼうっとした。

彼の舌は私の舌を散々弄《もてあそ》び、歯列をなぞるように動く。

心臓はドキドキして、どこか知らないところに連れていかれるような恐怖心が身体を駆け巡る。

キス一つがこんなに怖いものだなんて思わなかった。

いつの間にかぎゅう、と瞑《つむ》っていた目を開けるなり、直さんと視線が絡んだ。心臓が跳ねて、思わず慌てて目を閉じる。

　すると彼は、私の口内をくまなく舐《な》めながら、飲み込めないくらい大量の唾液を送ってきた。私が慌てていると、それを自分の舌でかき混ぜるようにしてわざとらしく大きな音を立てる。

「ふぁ……」

　私が苦しくなればなるほど、口内を這《は》いまわる彼の舌は喜ぶように動いた。

　頬を涙が伝ったとき、やっと我に返って口内にある直さんの舌を思いっきり噛《か》む。

　すると、やっと彼の熱い唇が離れてくれた。

　舌を噛まれて痛いはずなのに、彼は嬉しそうに目を細めて私を見ている。

「な、なに。なんで、ですか！　なんでキスなんてするんですか！」

　頬に熱いものがどんどん伝って落ちていくのを感じる。

　さっきのがファーストキスで、これはセカンドキス。

　これまで、ずっと廉とするキスを想像してた。

　できないとわかってる。する勇気だってない。でも、想像する相手はいつも廉だった。

　それに廉とするなら、もっと子どもみたいなくっつけるだけの軽いキスを想像していた。

　なのに実際初めてしたのは、好きでもなかった相手とするには濃厚すぎるキスで……。

　なんでこんなことになっているのか全くわからない。

　直さんは口元についた血を拭うでもなく言葉を発した。

「覚えてない、なんて言わせないために、酔いがさめるまで待っていたんだ。でも、さっきの様子だと思った以上の効果があったみたいだね」

「なに？　どういう意味ですか」

「僕はよもぎが好きなんだ。どんな手を使ってもよもぎを手に入れたいくらいに」

直さんは微笑んでそんなことを言い出す。

それから言い忘れてた、とでも言うようにさらに加えた。

「だからさっき言った〝好きな人〟とは当たり前に毎日何回もしたくなってるっていう好きな相手はよもぎだからね。いい子だからそれもちゃんと覚えておいて」

毎日何回もって……例の、毎日そういうことしたくなるって話だよね。

（冗談じゃなかったの？　さらに相手が私？　私なの？　私が好き？　それで毎日何回もしたくなってた？　あの直さんが、私と？）

頭では嘘だと思うのに、このほんの数分の彼の言うことなすこと全部が私の理解の範囲を超えていて、嘘だと言い切れなくなった自分がいる。

「で、でも、ちょっと待ってください。おかしいでしょ？　どうして突然好きだなんて言い出したんですかっ。今まで、全然好きなそぶりすらなかったでしょう。だから冗談ですよね」

さすがの私でも好意を持たれていたら気づいたと思う。たぶんだけど。

戸惑う私に直さんはクスリと声を出して笑う。

「よもぎは怖がると思ってたから、家族の立ち位置に徹していただけだよ」

その笑顔は、見た覚えのない『男の顔』で……。

「でもね、本当の僕はこうなんだ」

耳元で反響する低い声に何も言い返せなくなり、彼の顔を見つめるしかできなかった。

そんな私の頬を撫で、彼は白い歯を見せて笑う。

「やっと男として意識できたかな？　いい子だね、よもぎ」

そんなことを呟いて、私の唇をするりと撫でる。そして――。

「僕はずっとよもぎが好きだった。いつだって、よもぎにキスして、よもぎを抱きたいって思っていたよ」

言い聞かせるように囁《ささや》いた。

（ちょっと待って。さっきまでお母さんみたいとか思ってた人に、私、なにを言われてるの？）

そんな私の気持ちに気づいたのか、直さんは真剣な目で私を捉える。

「冗談だと思えないくらい、これからわからせるからね」

「ひっ……！」

彼はかなり不吉なことを言って、私の頬をするりと撫でた。

またキスされるかと思ってビクンッと肩をすくめる。

しかし彼はキスすることなく、目じりの皺《しわ》を深くしながら笑う。

「あ、キスされると思った？」

（なんだか楽しそうですね――！）

答えられないまま直さんを睨んでふるふると首を横に振ると、彼は愉しそうに声を上げて笑った。

「嫌ならちゃんと逃げないと」

言われて自分がその場に固まったままでいたと気づく。慌てて飛びのくと、背中がリビングの壁にぶつかった。

「嫌に決まってます！　私は直さんを男の人として好きとか嫌いとかいう感情は持ってないんです。だからこういうことするの変でしょ？」

息継ぎもせずに伝えると、彼はじっと私を見る。

そのときふと、直さんは私より九つも年上で、さらに職場では上司、なんなら副病院長だったと思い出して、慌てて頭を下げた。

「ご、ごめんなさい。でも私は――」

「大丈夫、それくらいはわかっていたから」

彼はいつもみたいに優しく目を細める。彼の言葉に首を傾げた。

（男の人として好きじゃないってわかっててキスしたってこと？）

どうしようもない倫理観に軽く絶望を感じて泣きそうになる。

しかし、直さんは明るい笑顔でさらに加えた。

「でもそれって、よもぎの気持ちが真っ白ってことだよね？　これから何色にでも染まれるんだから僕を好きになる可能性も大いにあるよね」

(直さん、ものすごいプラス思考なんですね!)

プラス思考はいいことのはずだが、会話はかみ合っていない。

優しくて穏やかで頼りになるみんなのお兄さん像がガラガラと音を立てて崩れていくようで、ガクリとうなだれた。

もしかしたらそんなイメージも関わりの少ない私が勝手に作り上げていたものかもしれないけど。

でもきっと、さくらも伸も廉も私と同じように思っていたと思う。

直さんは微笑みながら口を開く。

「そうだ。よもぎも今日はお休みだよね?」

「ですけど、なにか」

私がぶっきらぼうに返すなり、直さんはサラリと言う。

「室内にいたらすぐに襲ってしまうから外に出てデートしようか」

「ひっ!」

(なにサラリと『襲ってしまう』とか言ってるの。この人!)

私が涙目になったのも気にせず、直さんはさらに続ける。

「もちろん、それでいいなら今すぐドロドロになるまで抱くけど」

「行きましょう。今すぐにでも!」

（いちいち表現が怖いわっ）

発言が本心ではないと祈りたいけど、もう本心にしか聞こえないのは何故なんだろう。

昨日までの自分なら、間違いなく『悪い冗談だ』と切り捨てていただろうに。

（ねえ、神様。私が何したの？　なんで私、こんな恐ろしい発言する人と〝運命の赤い糸〟で繋がってるの？）


デートは映画館か水族館にしようか、と直さんが笑顔で提案してくれたけど、なんとなく暗い室内で彼といるのはよくない気がしたので、車で近くの駅前に出て、ふたりで街をぶらぶらと歩くことにした。

明るい街の中であれば変なことはできないだろうし、私は純粋にウィンドウショッピングが好きだからだ。

今後のために、流行の服もチェックしておきたい。この場合の『今後』とは、直さんとではない未来のデートのためだ。

ふたりで並んで歩きだすなり、彼は当たり前のように私の手を取って包むように握った。

「嬉しいなぁ、よもぎとデートできる日が来るなんて夢みたい」

「ちょ、直さん、手。手を離してください！」

熱い手に驚いてブンブンと振り切るように手を振る。

「あ、そうだね。デートだからこっちだね？」

「……へ？」

直さんの言っている意味が理解できない間に、繋いでいた手を一瞬離してくれたけど、すぐにゆっくり指を絡ませてきて恋人つなぎにグレードアップした。

「そういうことじゃないんですけど」

「こっちの方が気持ちいいね？」

「どういうっ……ふぁっ！」

指の間にある彼の指に力が入ってきゅっと握られると、ぞくぞくとして変な声が出てしまった。

「かわいい、よもぎ。耳まで真っ赤」

「直さんが変なことするから！」

「まだ何もしてないよ？」

「まだ、って……」

デートなるものが始まって十分も経っていないのに、もう限界だった。

彼を殴ってでもいますぐ逃げ出したい気分でいっぱいだ。

繋いでいる手に、指に、意識をやたら持っていかれる。直さんの指に少し力が入るたび、すぐに身体に伝わってきてぞわぞわする。

（恋人つなぎバカにしてました。こんなにものすごいものだったんですね）

初めての恋人つなぎは、私にとっては思っていた以上に高難度だった。

しかし店を見て回って、ふたりでパンケーキを食べるころには、私はすっかり元気になっていた。そう、私は甘いものが大好物なのだ。

気がつけば目の前に積み上げられたイチゴとクリームの載った四段のパンケーキに目を輝かせていた。

ナイフを入れるといい香りが漂ってくる。

合コンのときには決してしない大きな口を開けて、パンケーキを口に放り込んでもぐもぐと食べる。口の中が一瞬で甘い香りと幸せな味に満たされた。

昔から知っている直さん相手だから遠慮がないのがいい。

そういえば合コンのときは、食べ物をとりわけたり、話しを聞いて相槌をうったり、『あんまり食べられないんですぅ』と小食の女の子らしく振舞うのに必死だったなぁ、なんて思いながら食べ進めた。

「これ、すごくおいしいです」

「すごい量だけど全部食べられるの？」

「はいっ」

彼は私を愛おしそうに見ている。そのとき、私はふとあることを思いついた。

(ガサツにふるまえば、女性としては幻滅されるかもしれない。『ガサツで幻滅作戦』、通称『GG作戦』。これだ！)

私は早速、次はさらに前より大口を開けて食べてみる。

ガサツさをアピールするために、手にクリームがついていても気にもせずに食べていると、直さんが私の手を突然取った。

「へ？」

彼は私の手をぺろりと舐め、さらに指を口に入れて舐める。

指を彼の熱い舌が生きものみたいに這う。舌の感触に濃厚なキスを思い出し背中が粟立つ。

「ちょっ……！」

「甘いね」

いつも通りの優しい笑顔で言われて、私のほうが真っ赤になった。

GG作戦は、見事に打ち返されたようだ。

（全然思ってた反応と違うじゃない！）

作戦は諦め、赤くなる顔を隠すように下を向いて次々にパンケーキを口に放り込んだ。

その後はおとなしく雑貨屋を見て回った。

とんでもない発言と少し強引なところを除けば、直さんはやはりお兄さん気質で、話もおもしろくて、気づけば私は一日を満喫していた。

しかも、夕食の前には直さんが車で家まで送ってくれると言ったので、さらにホッとしてデートという名のウィンドウショッピングに集中できた。

すぐに時間はすぎ、夕方車でさくらたちのマンションの下まで送ってもらったとき、私は助手席で頭を下げる。

「今日はありがとうございました！」

「よかった、元気になったね」

「おかげさまで」

笑って返すと、直さんは苦笑する。

それから私の頬をそっと撫で、「ちゃんとふたりのところに戻れる？」と聞いた。

ふいに昨日のふたりの様子を思い出し、頬が熱くなる。

「だ、大丈夫です。さっき連絡しておいたので、昨日みたいなことはないと思います」

「そう？　でも困ったらいつでも頼ってね。待ってるから」

優しく微笑んだ彼と視線が絡む。

（これ、避けないとだめだ）

私が逃げるより先、直さんの唇が重なった。

「んっ」

たった一瞬。ぴり、と身体に電気が走った気がした。

驚いて目を開いたとき、軽いキス一回だけで彼の唇は離れる。

「デートの最後だからキスくらいさせてね。って言う前にしちゃったけど」

「………」

さっきの不思議な感覚を思い出して、自分の唇を触る。

彼はそんな私の髪を撫で、一束持って口づけた。

「怒るかと思ったから意外な反応だなぁ」

「なんか、変で」

「え？」

泣きそうになって直さんを見上げる。

「キスって、誰としてもこんなに気持ちいいの？」

一瞬のピリッとした感覚。

それは私にとって気持ちいいものになっていた。

（本当に好きな人とキスしてるわけじゃないのに……）

次の瞬間、彼の目の色が変わった。私の顔の横、助手席のシートに手をつくなり、そのままさっきより強引にキスをする。

すぐに濡《ぬ》れた感触がして、少し開いた唇の隙間から舌が入り込んできた。

「んんんっ……！」

舌が口内をおいしそうに舐めつくす。

苦しくて、でもやっぱりピリッと身体が何度も反応してしまうと、さらに直さんのキスは激しくなった。

いつのまにか飲み込めなくなった唾液が顎を伝ったとき、やっと唇が離れて、それすら大事そうに彼が舐めとる。また視線が絡む。

噛み付くような熱い眼差しにドキリとした。

ぎゅう、と抱きしめられて、耳元で直さんが囁く。

「きっと気持ちいいのは僕とだけだから。他の男で確かめるような真似はしないでね」

彼は私の髪を撫で、愛おしくて仕方ないというように額にも口づけた。

他の男性とはきっとこんなことはできないんだろうな、と単純に思う。

そして、なんでそんなふうに思ったのかわからなくて慌てて車から降りる。

速足でマンションに入ろうとしたところでさくらが立っていたことに気づいた。

「……よもぎ」

「さくら！」

（もしかしてさっきの濃厚なキスを見られてた？）

顔を赤くしたり青くしたりしている私にさくらが呟く。

「さっき一緒にいたの直さんだよね」

「あ、えっと……うん」

なんとか頷く私の肩をさくらは叩いて、心底嬉しげに白い歯を見せる。

「聞いたわよ。驚いたわよ！　とにかく伸ちゃんも待ってるから一度帰っておいで」

さくらは興奮気味に言って、私を部屋まで連れ帰った。

（あれぇ？　なんかさくらの反応がおかしくない？）

部屋に入って早々、さくらはまた興奮気味に叫ぶ。

「聞いて、伸ちゃん。よもぎが直さんとキスしてた。ものすっごい濃いやつ！」

「ちょっ、何言いだした！」

リビングのソファにいた伸は少し驚いた表情をして、「本当だったんだ。信じられないな」と呟く。

「だから何がよ？」

「何がって、恥ずかしがらなくていいわよぉ。昨日直さんの家に泊まったんでしょ。半信半疑だったけど、さっき濃厚なキスをしてるのを見て納得した」

「な、なんで泊まったこと知ってるの！」

私が叫ぶなり、ふたりはニヤニヤ笑って顔を見合わせる。

私は全力で、違うから！　と何度も叫んだ。

さくらは「わかってる」と言ったかと思うと、犯人《ホシ》を落とす刑事のように私の肩をポンと叩く。

「だから悩んでたのね。言えばいいのに。よもぎは直さんが好きだったんだね。だからあんなに廉がグイグイいってもだめだったんだ。私も気づかなかったわ。ごめんね、でもまくいってよかった、本当におめでとう！」

（くっ……ペラペラとわけのわからないことを！　完全に勘違いだしっ）

頭がくらくらするくらい全力で首を横に振った。

「ちょ、待ってって！　私の話も聞いて。誤解なの」

なのに仲まで私に「廉のことはきっと大丈夫だよ」と微笑みかけてくる。

「大丈夫って何が」

「直は廉の気持ちも含めて覚悟して、よもぎちゃんを受け入れたんだと思うよ」

「ごめん、全く話が見えないっ」

さくらがサラリと恐ろしい言葉を加えた。

「実はよもぎはずっと直さんが好きで、ついに昨日、処女を卒業させてもらったんでしょ？」

「はぁ……⁉」

叫ぶ私にさくらはニヤリと笑って、私の後ろの首筋を指さした。

「こんなものまでつけてとぼける気？」

「こ、こんなのものって何よ？」

（首の後ろに何があるのよ……）

自分では首筋は見えない。さくらは微笑んだ。

「キスマークよ。こんなとこ、色々しないとつかないでしょ」

「は？　いや、なんで。いつついたの。どうして？　ち、違うの。私と直さんはそういう関係じゃないの！」

（キスマークなんて、なんで、いつ、どうやってつけたんだ！）

私が何度も手を横に振ってるのに、さくらは突然私を睨んでぴしゃりと言う。

「よもぎ。そんなに否定するなんて。まさかあんなに優しい直さんを弄んだの⁉」

「えぇ！　よもぎちゃん、直を弄ぶなんてそれはひどいよ。直は弟の俺が言うのもなんだけど純粋なんだから」

仲まで悲壮な顔をして叫ぶ。

「ちょ、弄んだってなによ。人聞き悪いし！　そんなんじゃないしっ」

(弄んでません！　むしろ弄ばれたほうです！)

否定したけど、普段優しくて人がいい直さんへの信頼はこういうときに厚いのだと嫌というほど知った。

ふたりとも、私が彼を襲ったくらいに思っている。

どう言えばわかってもらえるのか言葉に詰まったままでいると、さくらは安心したように息をはく。

「なら本気なのね。よかった。いくらかわいい妹でも、あんなに優しくて純粋な直さん騙《だま》すなんてことしたら、心から軽蔑するところだったわ」

(心から軽蔑って！)

さくらは怒ると怖い。超コワイ。

私が彼を弄んだ事実はないけど、このまま否定し続けても軽蔑されそうだ。

直さんが無理矢理キスした。でも最後まではしてない……なんて信じてもらえるだろうか。

今のままでは、たぶん答えは『否』だ。

私が何を言っても信じてもらえないだろうと思うと泣きそうになる。

きっと直さん自身が真実を語ってくれないと誤解はとけないのだろう。

それはさておき、なんだか全面的に彼に負けているようで、悔しくて唇をかむ。

これまでも伸は、愛するさくらの妹の私にはめっぽう甘かったのに。さくらに至っては私の血縁なんだけど。

「ふたりは私より直さんの味方なんだね……」

「味方っていうか……ま、そうだよね。いつも頼りにさせてもらってる人だし。なにより、直さんは私たちの背中を押してくれたキューピッドでもあるしね。直さんを泣かせたら私たち許さないから」

(むしろ泣かされたのは私のような気がしないでもないんだけど)

パクパクと口を閉じたり開けたりしている私を見て、伸が直さんに似た目元を細める。

「俺もあんなに嬉しそうな直の声を聞いたの初めてだよ。『今日、よもぎをうちに泊めたい』って」

「嬉しそうにっていつ?」

つい眉を寄せる。

私が吐いて寝てしまった夜中に電話でもしてくれていたんだろうか。結構遅い時間だったのではないかと思うけど。

「昨日、電話もらった七時ごろだったかな」

聞いて、私は首を傾げる。

昨日の七時って、私が彼の書類整理の手伝いが終わったころだ。

帰るころに直さんが電話していたような気がしたけど、伸に電話していたみたい。

（でも、なんでその時点でそんなことを言ったの……？）

知りたいけど、怖くて聞けないと思っていると伸が言う。

「それで『今日はさくらとふたりきりだね』ってなってさ」

「あぁ、それで昨日あんなに激しく――」

さくらが思い当たったように呟く。私はさくらの呟きをバッチリ聞いてしまって足から崩れ落ちそうになった。

つまり、直さんが連絡したから、ふたりは私が帰って来ないと踏んで、玄関であんなことやこんなことをしていたんだ。

すべての順番が何かおかしい気がする。

（泊めたいって先に伝えてたって……あの日はたまたまダイニングバーで直さんに出会っただけだよね？）

意味がわからなさ過ぎて泣きそうになっている私に、さくらがきっぱりと言う。

「とにかくそこまで関係が進んでるなら、よもぎは直さんのところに住みなさいよ。直さん副病院長なんて重責を背負ってるのに、ひとり暮らしで色々大変だろうし」

「いや、そんなこと言われても……」

私が首を横に振るなり、さくらは私の両肩をぽんぽんと叩く。

「あの優しい直さんを襲った責任、きちんと取りなさいよ」

「襲ってないってば！」

（なんで、どうして、いつの間に、私が彼を襲った話になってるの！）

ただ私と彼を繋ぐ〝運命の赤い糸〟が、すでに朝の半分ほどになっている事実に、そのときの私はまだ気づいていなかった。

第三章　十三メートル

翌日の日曜、私は直さんに連絡を取った。

連絡先は採用のときに念のためにと教えられて知っていたのだけど、自分から連絡したことはなかったのだ。

今日は家にいると言われて、すぐに直さんのマンションに向かう。

昨日のデートのときに部屋から出て気づいたけど、彼のマンションは、金曜に紹介してもらった寮のマンションの最上階だった。

エントランスでチャイムを鳴らし、エレベーターで上がって玄関先まで行くなり、中から直さんが笑顔で出てくる。

「よもぎから連絡もらえるなんて嬉しいな。ちょうどよかった、服もクリーニングから返ってきたところだよ」

「直さん、エマージェンシー《緊急事態》なんです。ちょっといいですか」

彼は「もちろん」と頷き、私は周囲をきょろきょろ見回すと素早く彼の部屋に入った。

ここは同じ病院勤務の人ばかり住んでいるので、見られたらまた面倒な事態になると思ったからだ。

玄関に入ってすぐ、直さんは中に案内しようとしたけど、私は首を振って固辞する。

靴も脱がないまま自分の首の後ろのキスマークを指さし、目の前の彼を睨んだ。

「まずこれです！　これつけたの、直さんですよね？　いつ、どうやってつけたんですか。勝手にキスマークなんてつけて何考えてるんですかっ」

私が怒ってるのに、直さんは、あぁ、と呟く。そして、なんでもないように微笑んだ。

「よもぎが酔っぱらって吐いて寝ちゃったとき、着替えさせたって言ったでしょ。ついでにつけておいた」

「なんのついでですかっ」

（着替えさせるついでにキスマークをつける人間が他にいるならここに連れて来い！）

そう思ったけど、そんな人間がさらに増えたら迷惑なので言うのはやめておいた。

「とにかく、このせいでさくらと伸にとんでもない勘違いをされて迷惑してるんです」

「えー、そうなの？　ごめんね」

「謝るときはもっと申し訳ない顔で謝ってくださいよ。笑ったままじゃないですか」

「だって悪いと思ってないし」

彼はさらに愉しげに笑ってる。

（なんだ、この人は！）

直さんってこんな感じじゃないよね？　今までと全然違うんだけど。百歩譲って違うのはいい。でも——。

（よりによってなんでこんなにかわいげのない性格してるのよ！）

　摑みどころもなくて、優しくもない。本心だって全くわからない。

　泣きそうになっている私に、彼は顎に手を当てて問う。

「ちなみにどんな勘違いなの？」

「私が直さんを好きで、私が直さんを襲ったって勘違いです。責任取って一緒に住めとか言われてわけわからないですよっ」

「ふふ、そっかぁ」

　彼は白い歯を見せて笑った。

「笑ってないでくださいよ。直さんが変な電話するから。なんで私と会う前に、私を泊めたいなんて電話してたんですか」

「そうだった？」

「そうですよ！　忘れたんですか？　も、もうそれはいいです。とにかくふたりの誤解を解いてほしいんです。私は直さんを襲ってないし、私と直さんは付き合ってるわけじゃないって」

「えー、なんで？　嫌だよ」

「お願いだからその誤解だけでも解いてくださいってぇ」

　責任は直さんにもあると思うのだけど、彼は全く責任を感じていないようだ。

その証拠に彼は、でもねぇ、と呟いているだけ。

（なんで、いいよ、って頷いてくれないの？）

これまでの直さんを思えばすぐに快諾してくれると思ったのに、好きだと告白し、キスをしてからの彼はなんだかすごく意地悪になった。

（悔しいけどここはちゃんとお願いしよう。誤解は解きたいし）

唇を噛み、ガバリと深く頭を下げた。

「直さん、お願いします。そうでないと、私、部屋を追い出されちゃうかもしれないんです」

ありえないほど頭を下げている私に彼は、うーん、とまた考える素振りだけ見せる。

「でも、僕には何のメリットもない話だよね」

「なっ。なんでそんな意地悪言うんですか！」

「意地悪しているつもりはないんだけど、今から仕事で調べものもあったしなぁ。大事な時間使うわけだから、よもぎはなにしてくれるのかなって思っただけ」

直さんは目の前で意地悪に口角を上げる。

（くっ。人の足元を見て！）

とはいえ、ここで引き下がると誤解は解けないので、私は自分にできそうなことを列挙することにした。

「お皿洗い、料理、洗濯とか、家事なら何でもできます。やらせていただきます」

「僕、家事は一通り自分でできるんだよねぇ。それ以外によもぎにできることってあるの？」

挑発するように彼は目を細める。

（そりゃ、私はたいした特技のない人間ですけどっ）

カチンときたけど自分にできそうなことは他には思い浮かばなかった。

悔しさもあって自暴自棄になり、気がついたら「じゃあ、私にできることならなんでもしますからっ！」と叫んでいた。

直さんが一瞬目を丸くして、困った顔で肩をすくめる。

（なによ。なんなのよ……。やっぱり私には何もできないって思ってるんでしょ！）

昔から直さんは何でもそつなくこなす。

対して私は、いつだってじたばたしながら目の前の一つ一つのできごとに対峙《たいじ》してきた。

今だってたった一つの誤解を解くためだけにこんなに必死になっている。

彼が私を好きだっていうのも、きっとじたばたして情けない私がおもしろいだけだ。

（だって本当に意地悪なんだもん……）

そう思ったとき、急に手が伸びてきて私の頬を撫でる。

驚いて顔を上げると、彼が愛おしそうに目を細めて私を見ていた。

（あれ……。これって、もしかしてキスされる？）

昨日のキスの記憶が蘇《よみがえ》って、思わず身体をすくめる。

「ちょっと挑発したら簡単にそんなことを言うところが浅はかだよね。ま、そういうところが愛おしいんだけど」

「……い、愛おしい？」

「そう。僕はよもぎが愛おしい。よもぎが好きだよ。伝えたよね？　忘れた？」

そして次は髪を一束とって口づける。

「髪の先まで全部、愛おしいんだ。愛してるよ、よもぎ」

彼の真剣な顔に心臓がおかしくなるくらい跳ねた。

それからドクドクとやけに大きい音が聞こえ、熱い血が勢いよく全身を駆け巡る錯覚を起こす。

（なにこれ。なんなの。私、なんでドキドキしてるんだっけ？）

告白されてキスされてから、直さんに翻弄されてばかりだ。

視界が涙で歪《ゆが》んでいった私に対して、彼はいつも以上にご機嫌な様子でニコッと微笑んだ。

（私のことが好きってていうなら、少しは直さんだって慌てたらいいのに）

慌てふためく私に対して、彼はあまりにもいつも通りだ。

そう思ってあることを思いつく。つい口角が上がった。

「本当に、私を愛してるっていうなら、私が困っているのを助けたいって思わないんですか？　『なんでも頼って』って言ったじゃないですか」

少々卑怯《ひきょう》だが、彼も悪いのだから致し方ない。

本日は『私も卑怯になろう作戦』だ。

（好きなら何でもしてくれるはずでしょ？　頼ってって言ったのも直さん自身だもん）

黙り込んだ直さんをじっと見つめる。少しして彼は口を開いた。

「ふうん。そういうことを言うんだ」

「だって実際そうじゃないですか。直さん見てたら、動揺もしないし、私の困るところを見て喜んでいるように見えますし。私が好きだって全然伝わってきません。まして、愛してるなんてありえない」

挑発するようにもう一度見つめる。彼は息を吐くなり笑って私の頭を優しく撫でた。

「よもぎには負けたよ。わかった、ふたりのところに行くよ」

「ありがとうございます！」

（やった！　『私も卑怯になろう作戦』は成功したわっ）

喜んで飛び上がる。

直さんは「少し支度するからちょっと待ってて」と言ってリビングのほうに歩いて行った。

私はそんな彼の後ろ姿を見て心底ホッとしていた。

（これで、やっと誤解が解ける。誤解が解けたら、私も少しは自分の気持ちに素直になれるかな）

そんなことを考えていたとき直さんがやってきて、行こうか、と手を差し出した。

その手を握らず自分の手を後ろに組んでみせれば、彼は肩をすくめる。

（もう何でも直さんの思い通りになんてならないんだからっ）

ふん、と顔を背けて一瞬足元に目が向いた。

思わず「ふぁっ⁉」と叫び、目が飛び出しそうになった。

「どうしたの？」

「い、い、い、いいいいいいや、なななななんでもないです」

「そう？　じゃ、行こうか」

直さんは驚いて固まったままの私の手をとって、当たり前のように恋人つなぎをしてくる。私は手を振り解くのも忘れていた。

（なにがどうなって、赤い糸がさらに半分くらいになってるの！　いつ短くなったの！）

そう、〝運命の赤い糸〟はどう見ても十五メートルくらいになっている。

最初は、優に百メートル以上あったのに。

（もしかして、昨日のデートのあとのキスでこんなに短くなったの？）

あのキスは気持ちいいと思った。思ったけど……。

ただこれまで見てきた人たちの赤い糸がこんなに急激に短くなった事例はない。

ほとんどは、ゆっくり時間をかけて短くなっていったのだ。

しかし、今の私の赤い糸はどうだ。

たった二日。それだけで、最初の八分の一ほどになっている。

（なんなのよ、これは……）

呆然としながら、彼に連れられさくらたちの部屋に戻った。

部屋に入るなり、さくらたちは直さんを熱烈に歓迎する。

「待ってたのよ！　直さん！」

（妹にお帰りなさいもナシなの？）

さくらの満面の笑みをついムッとしながら見た。

さくらと直さんが直接話しているのはあまり見たことがなかったけど、さくらの顔は、本当に信頼している相手に向ける表情だった。

（きっと仕事でも色々と関わりがあるからなんだろうけど。さくら、直さんを本当に信頼しているんだなぁ）

直さんに少々嫉妬するが、私が今気になるのは、急激に短くなった〝運命の赤い糸〟についてだ。

私は直さんと並んでテーブルに座らされても、視線は下に向けていた。

気づかれないように、垂れ下がる糸をチラチラと見続ける。

もちろん糸が長くなる気配はない。

伸とさくらは仲良く人数分のコーヒーを出すと、私たちの向かいに座った。

そしてすぐにさくらが頭を下げる。

「直さん、よもぎのこと本当にごめんなさい。この子、昔から突っ走っちゃうところがあるから」

「すごい行動力がある子だとは思ってたけど、俺も驚いたよ」

さくらが言い、伸が続ける。

私はというと『失礼なことを言われているな』と感じながらも、糸の方が気になっていた。

きっとさくらと伸には、直さんがこれからうまく伝えてくれると思う。彼は約束してくれたから。

（あれ？　ちゃんと約束、してくれたよね？）

少し不安になっている私の横で直さんは淡々とした様子で口を開く。

「あぁ。ふたりはよもぎが僕を襲ったと思ってるんだっけ？」

「え？　違うの？」

「だって、直は彼女ができてもなかなか進まないピュア恋愛パターンじゃん。歴代の彼女、キスまで全然進まないし、やっとキスしたと思ったら、また最後までかなり時間がかかって。やっと最後までしたと思ったらすぐ別れちゃったりしてさ」

伸の言葉に思わず眉を寄せる。

直さん、歴代の彼女は大事にしてたんだ。私相手みたいにすぐキスしたりなんかしなかったんだ。

（ふうん……）

なんだか胸がチクリと痛んだ気がしたけど、感じないふりをした。

当の本人は苦笑しながら口を開く。

「こういうことはあまり言いたくなかったけど、それはピュアなんかじゃなくて、そんなに相手の子が好きじゃなかったからなんだよ。全部、あっちから押し切られる形で付き合い出したし」

「「「えっ……」」」

三人の声が重なる。

特に伸とさくらは、直さんがそんなことを言い出すとは夢にも思っていなかったような反応だ。

（やっぱりふたりとも知らなかったのね。私だって昨日知ったもん）

直さんは私たちの様子なんて気にせず、目を細めて私を一度見て、また視線をふたりに戻して続ける。

「でもね、僕が本気になるとすぐにでも襲いたくなっちゃうみたい。よもぎにキスして、触れて、初めて知ったよ。自分にはこんな衝動があるんだって。だから、金曜はよもぎに襲われたんじゃないよ。僕から誘った。そもそも、よもぎのひ弱な力じゃ僕は襲えないよ」

意味がわからなさ過ぎて直さんの顔を凝視する。

（ちょっと待って。この人は何を言ってるの？）

彼は微笑んで私の頬を撫で、唇まですするりと撫でる。

それだけでパブロフの犬のように彼とのキスを思い出し、身体も、顔も、やけに熱くなった。

それを知ってか知らずか彼はまた微笑んで唇にふにふにと触れる。

「よもぎも、『僕とするのが気持ちいい』って言ってくれたよね？」

「あれはっ……」

頬がボッと熱くなって固まる。言葉が続かない。

だって、間違いなく自分が発した言葉だ。

（確かに言ったけど、なんで今、ふたりの前でそんな恥ずかしい発言を蒸し返すのよ！）

思わず涙が滲《にじ》んできて彼を睨む。

さくらは口元を覆って目を見開いた。

「よもぎ、いつの間にそんなに大人になったの」

「待って！　ちがうの。これはっ」

（さくらにキスを見られたのもだけど、気持ちよかったとか知られるのもものすごい恥ずかしいんだけど）

直さんは、さくらと伸の方に向きなおして話を続ける。

「それで『アレなし』でしてしまったわけ。しかも何回もね。自分でも大人げなかったと思うけど止められなくて」

それを聞いたさくらと伸の顔が見る間に真っ赤になった。

(どういう意味……？)

彼の言葉の意味がわからずに首を傾げる。

(何かさくらと伸の反応がおかしいけど、これってキスの話だよね？)

合意なしに何度もキスしたことを言っているのだろう。

彼はその手の倫理観は持っていないと思ったけど、一応は持っていたのかもしれない。

しかし、さくらも伸も、とんでもなく赤い顔をしたまま、私と直さんを交互に見た。

「もちろん、僕としては責任を取りたくてそうしたんだけどね。でも、ふたりも知ってる通り、よもぎは『誰でもいいから』そういうことをしてみたかっただけで、しても結婚する気はないみたい。僕はよもぎが好きだし、きちんと責任を取りたいんだけどさ……どうしてもよもぎが頷いてくれないんだ」

直さんは、少し寂しげな、愁いを帯びた表情をする。

実際に流れてもないのに切なくて泣きそうになるＢＧＭが聞こえる気がした。

「直……」

「直さん……」

さくらも伸もしんみりした声を出す。

ふたりとも彼の表情に一瞬で絆されたとわかった。

(ちょっと待って。そもそも、なんでキスごときで責任とろうとしてるの！　ふたりも納

得しないでっ）

　焦ってガタガタッと席を立っていた。

「なっ、直さん⁉　何言いだしていやがるんですか！」

　思わず言葉遣いが乱暴になったのは私のせいではない。

　そのとき「よもぎっ！」とさくらの怒鳴り声が室内に響く。条件反射で身体が固くなった。

　さくらは普段怒らないけど、怒るときはとてつもなく怖い。そんなさくらが今、ものすごく怒ってる。

　険しい顔を見て背中には冷たい汗がいくつも流れた。

「よもぎ、何考えてんの！　お姉ちゃん悲しいっ」

「えぇっ？　わ、私？」

　予想外にも自分に矛先が向いている。

（これ、直さんが悪いんじゃないの？　この人、合意なしにキスした、何回もしたって自供してるんだよ！）

　自分が悪いはずはないと思うのに、伸まで私が怒られるのはやむなし、といった顔をして見ていた。

　さくらの怒りはとどまらず低い声のまま続ける。

「別に順番どうこうなんて言うつもりないわよ。でも、そのままじゃだめでしょ。大人としてきちんと責任取りなさいよ」

「せ、責任って……？」

「結婚よ。決まってるでしょ」

ありえない責任の取り方に、混乱して泣きそうになった。

（この国はキスしたら結婚しなきゃいけないっていつの間に決まったの⁉）

さくらは真剣な眼差しで私の肩を叩いて頷いた。

「大丈夫よ。不安がらなくても絶対に直さんは大事にしてくれる。直さんが相手なら、私たちも安心だし」

「そうだよ、はじめてなのに気持ちよかったってことは、相性はいいわけだし自信を持って」

さくらが言い、伸がいらない補足をした。

（ っていうか、その『気持ちいい』のくだり、そろそろ忘れてくれませんかね？　すんごい破廉恥な女みたいじゃない……）

泣きそうになっている私を気にもせず、ふたりは直さんをまっすぐ見つめる。

「「至らない（義）妹だけど、よろしくお願いします」」

そして直さんに深く頭を下げた。彼も微笑んで返す。

「大丈夫。うんと大事にして、ちゃんと好きになってもらえるように努力するから」

「さすが直さん。懐が深いわ。じゃ、早速荷物まとめちゃうわね」

「まとめるってどういうこと」

「前にも言ったけど、直さんの部屋に住みなさい。もちろん結婚を前提に」

さくらは、有無をいわさない口調で言うと、すぐに私の荷物をまとめはじめたのだった。

（あれぇ？　この状況、前より悪くなってないですか……？）


訳のわからないまま直さんの部屋に連れて帰られ、部屋に入るなり彼は私の頭を撫でて心底嬉しそうに微笑む。

「よかったね、荷物少ないからすぐ送ってくれるって」

「え、ちょ、ま、待って。何考えてるんですか！　訳のわからない間に、結局追い出されたじゃないですかっ」

「僕の記憶が間違ってなければ、『とにかくふたりの誤解を解いてほしいんです。私は襲ってないし、私と直さんは付き合ってるわけじゃないって』って言ってたよね？」

（確かにそうだけど……。それがなによ？）

首を傾げた私を愛おしげに見つめて、彼は加えた。

「『よもぎに襲われたわけじゃない』『まだ付き合ってるわけじゃない』。この誤解はきちんと解いたはずだよ」

「そんな屁理屈《へりくつ》！」

（状況をさらに悪くして、何を言ってるのよ）

屁理屈じゃなくて本当のことだよ、と直さんは悪びれずに笑みを浮かべている。

「この状況、どうするんですか。っていうかふたりはなんであんなに結婚結婚って言ってるんですか。キスごときで」

「よもぎにそういう知識がほぼないから助かったよ」

「何か馬鹿にしてます？」

もう遠慮なしに私が直さんを睨んでも、彼は愉快そうに笑うだけ。

まったく笑い事ではない。

「僕は本気で責任を取りたいと思ってるよ？　よもぎはキスも初めてだったんでしょ？」

「責任なんてとらなくていいです。たかがキスですよ。別に減るものじゃないし」

聞いて直さんは苦笑する。

少しの間笑っていたと思ったら、突然真剣な眼差しをしてまっすぐ私の目を捉えた。

「これのこともあるし」

彼はすっと自分の左手を上げる。

私の目に映ったのは、彼の左手の薬指から伸びる〝運命の赤い糸〟。

でも直さんに糸が見えているわけでも、彼が糸の存在を知っているわけでもないので、首を傾げて知らないふりを決め込もうとしていたらある事実に気づいた。

「う、うそっ……」

目の前の糸はまた縮んでいる。

半分とはいかないけど確実に今朝より二メートルほど縮んでいた。

「また何か変化した？」

混乱しきっている私の頭上から弾むような声が降って来た。

（え？　今、直さん、なんて言った？）

言葉がきちんと聞き取れなくて不安で顔を上げた瞬間、唇がふさがれる。

なにでって、キスでだ。

「ふぅんんっ……！」

慌てて直さんの胸を押し返したけど、無理矢理されるキスすらなんだか気持ちよくて絆されそうになる。

そんな私を知ってか知らずか、愉しげにキスは続く。

触れるだけのキスを何度か、そのうち背中と後頭部を持たれて嚙みつくようなキスに変わる。

何分もキスを続けられたあと、ゆっくり唇全部を味わうように舐められ唇が離れていく。

ぼんやりした意識のまま、離れた彼の唇を追いかけようとしてからハッと気がついた。

「な、なんでっ」

「たかがキスだよ？　減るもんじゃないんだよね」

先程の言葉尻を捕らえて返される。

悔しくなって唇を嚙んでから直さんの胸を押す。彼は押した手をとって後ろにあった壁に縫い付けた。

「ひゃっ」

彼の手は動かそうとしても全く動かなくて、自分と直さんの力の差を感じて泣きたくなる。

直さんは男の人だ。

わかっていたけど、急にそれが怖くもなった。

「ちょっ、は、離してくださいっ」

しかし直さんは離してくれなくて、手を拘束したまま耳元に唇を寄せて囁く。

「避妊の知識もないくせに処女捨てようとしたり、今日もまたここまでノコノコついて来ちゃってキスされたりして、本当によもぎは浅はかだよね……。だから心配で仕方なかったんだ」

私の耳たぶを熱い舌が這いまわる。

愉しげに舐めていたと思ったら軽く噛まれた。

「ひゃんっ！」

ムズムズした感触に身体が跳ねて、舐められた耳から顔も全身も熱くなるのを感じた。

なのに、さらに耳に舌を差し込まれ、ぴちゃりと音を立てて舐め続けられる。

「あ、んんっ！　や、やめてください」

「なんで？」

「んっ、だ、だって……へ、変な声、でるっ、からぁっ」

「変？　かわいい声だよ、もっと聞かせて」

さらにまた耳を喰《は》まれる。唇が首筋に落ちる。

変な声が出るのに、両手は摑まれたままで口も塞げない。

なんとか声を出さないようにするけれど、勝手に薄く開いてしまう唇から言葉にならない声が漏れてしまった。

「んんっ、んっ……！　ん……やぁ……！」

直さんが満足げに微笑んで、次は唇に口付ける。

舌を口内に這わせて全部奪うように舐めとったあと、真っ赤になっているだろう私の顔をまっすぐ捉える。

「まぁ、あのふたりが勘違いしたことはこれから全部本当にするつもりだから」

目の前で、彼が心底愉しそうに目を細めて笑っていて。

その言葉の意味がわからなかった私だけど、なぜだか過去最大級の悪寒が走ったのだった。

第四章　十↓八メートル

——あのふたりが勘違いしたことはこれから全部本当にするつもりだから。

(って、あのふたりは何を勘違いしているの?)

「な、なに?　どういう意味ですか」

私が聞いても直さんは目を細めて私を見ているだけで教えてはくれない。

代わりに顎に手をかけ、自分の方を向かせると「ね、もう一回キスしてもいい?」と、優しく微笑みながら聞いてくる。

「だめっ。だめです!」

「さっきはもう少ししてほしそうな顔してたのに」

「別にしてほしいと思ってませんっ」

「そうだった?」

嘘だと見抜いたように笑い、私の髪を撫でる。

噛みつくような気持ちで視線を向けると、それすらも包み込むような甘く蕩ける瞳で見つめ返してきた。

「好きだよ、よもぎ。愛してる。よもぎにはキスだけじゃなくて、僕自身を好きになってほしいと思ってる」

「う……」

精悍《せいかん》な顔立ちをした男性に切ない声でまっすぐに好きだと言われれば、私じゃなくたって女子ならだれでもキュンとしてしまうだろう。

だから今、やたらうるさくなっている心臓の音は自然現象だ。

(わかったから、もうドキドキするんじゃない。私の心臓!)

とは思っても心臓の音は止まらない。

ふいっと視線をそらした私の額に、当たり前のように直さんの唇がくっついた。

(おでこ……?)

彼がやっと離してくれた手で額を押さえる。

決して唇へのキスを期待していたわけじゃない。直さんなら唇にすると思っただけだ。

そう考えて頭を振った。

(いやいや、そもそも私もなんでキスされるのが当たり前になってきてるの。絶対おかしいじゃないっ)

私たちは恋人でも夫婦でもないのに。

それに、これ以上赤い糸が短くなるようなことがあってはならない。

糸が急激に短くなったのは、直さんと直接関わりだしてからだ。

さらになぜか結婚を前提とした同棲《どうせい》をすることになってしまい、このままではもっと糸が短くなる可能性がある。

どうすれば阻止できるか考えて口を開いた。

「あの、他の部屋っていうわけにはいきませんか」

「え？」

「考えてみたら、ここって寮ですよね？　あいている部屋とかありませんか？」

「今、あいている部屋は一つあるけど――」

直さんは言いにくげに言葉を切る。

「一部屋」

病院が近くて綺麗で広くて安い。間違いなく人気だろう。とはいえ部屋があいているなら安心した。

同じマンションなら一緒に住んでなくてもバレないだろうし、別々に住んでいる間にふたりの誤解も解けるかもしれない。

彼は困ったように眉を下げてゆっくり口を開いた。

「あいてる一部屋ね、廉の部屋の隣なんだ」

つい息をのんでいた。

（廉の隣、か）

悩む私にいつもより少し早口で直さんが話しだした。

「僕の部屋だと元々あった三部屋を繋げた構造だから、普通の一部屋分より部屋数もあるし、鍵のかかる部屋もある。一緒に住むと言っても、僕は普段は早朝に出て帰ってくるのは深夜。今週はたまたま休みがあったけど、普段は土日もそんなに休めるわけじゃないから、顔もほとんど合わせない。ルームシェアに近いと思うよ」

なぜか彼の様子が必死で、勢いに押される。

(どうしたの？　いつもの余裕綽々《しゃくしゃく》の態度と全然ちがう)

病院でも見た覚えがないくらい焦っていた。

「そ、そうなんですね」

「ごめん」

直さんは突然謝り、私を強く抱きしめた。

「ちょっ、え、なに？　何ですか⁉」

「正直に言えば、僕が嫌なんだ。廉の部屋の隣によもぎが住むのはすごく嫌」

低く抑えた声。彼から伝わってくる私より速い心臓の鼓動。

彼の声を聞いて、速い心臓の音を聞いて、不覚にも胸がギュッと摑まれる。

抱きしめられたまま、私は固まった。

焦る彼を見て気づいてしまったのだ。

(直さんは私の気持ちを知っているのかもしれない)

そして私だって、彼の気持ちをちゃんとわかっているのだ。

何回も告げられる『好き』『愛してる』って言葉の魔力のせいで。

（だから、今、廉の部屋の隣に住むって決めるのは、直さんの気持ちも傷つける行為なんだ……）

泣きそうになりながら悩んでいると、彼が私の身体を少し離し、額に優しくキスをする。

そして、ゆっくり口を開いた。

「それに、もし廉の隣によもぎが住んだら、気になって気になって僕は毎日よもぎの部屋に入り浸ると思うよ」

お願いだから彼女でもない私の部屋に入り浸るなんて宣言はしないでほしい。

（そうなれば絶対カオスな状況になる。それだけは私にもハッキリわかるわ）

どうにも決められなくなってしまう。彼はいたずらっ子のような瞳を私に向けた。

それを見て、頬を膨らませる。

「またそんな意地悪を言って」

「ごめんね。でも廉の隣に住んでほしくないのは本心だから、僕の気持ちは知っておいてほしかった」

「うっ……」

どうして、最後に押さえるところでしっかり押さえてくるのか。

その直さんの気持ちを知っていて、私が廉の隣に住むと決断できるはずがない。

（まさか、それもわかっていて直さんはこういうふうに言ってくるの？）

私が言葉に詰まっていると、彼が優しく微笑む。

いつでも相手を安心させるお兄さんスマイルだったはずの笑みだ。

「そうだ。もう少しここに住んでから考えてみたら？　ね、いい子だからそうして」

「そんなの――」

断りかけて、「絶対何もしないですか？」と聞いていた。

すぐに代案が浮かばなかったのもあるが、言葉がツルッと滑って出てしまった感じだ。

直さんはパァッと表情を輝かせる。

「うん。よもぎが嫌なことはしない」

「キスはしたくせに」

噛みつくように返した言葉に、彼は微笑む。

「キスは嫌なことじゃなかったでしょ」

「ぐっ……！」

（ああ言えばこう言う！）

変な話だけど、正直に言って私にはわからないのだ。

好きではない人としたキスが気持ちいいと感じたのは、直さんとしたからなのか、誰としてもそう感じるのか。

だけどどのみち、直さんとキスしたことも、彼と一緒にいることも、心底イヤというわけでもなくて、とりあえずこのままここに住むしかないのかなと思い始めていた。

「た、ただの同居ですか？」

「うん、ただの同居」

「人に言わない？」

「言いたいけど我慢する」

「キスもうしない？」

「な、なんとか我慢する」

「行き帰りも別々？」

「本当は時間があえば一緒に帰りたいけど。そうだね、我慢する。だからいいよね？」

無理に押し切ろうと必死な様子に苦笑して、思わず「わかりました、少しの間なら」と小さく頷いた。

「ありがとう、よもぎ！」

直さんが喜んだ勢いでもう一度私を抱きしめる。

流れるようにキスの姿勢になったけど、ふと気づいたように止まってから離してくれた。

彼の顔がいかにも『我慢しています！』というように歪んでいて笑ってしまう。

随分年上なのに、なんだか直さんって犬みたいだ。

そんな彼がちょっとかわいいと思うなんて変だろうか。

（もしかしてこれは何回かしたキスの効果なのかな？）

次の日の早朝、カチャリと音がして、直さんが出勤したと気づいた。

昨日の夜、シャワーを浴びてから、用意してもらった鍵のかかる部屋に入るとふかふかのベッドがあった。

飛び込むとおひさまの匂いがして、心地よくてすぐ眠ってしまったんだ。

(男の人と住むんだし、しかも相手は直さんだし、もっと気をつけなきゃいけないんだろうけど……)

直さんの部屋は彼の匂いがして、不思議と安心してしまった。

しかもなんだかいい夢まで見ていた気がする。

もし、相手が廉ならこうも簡単にはいかないだろう。緊張とか、不安とか、これまでの長年の想いとか。

(って思うってことは、やっぱり私は直さんじゃなくて廉が好きなんだよね)

朝から悶々として、スマホで時間を見るとまだ朝の五時。

「直さん、朝の五時に出勤って何時起きよ。じいさんか」

しかし私ももう眠れなくなったので、あくびをして着替えてリビングに行く。

テーブルの上には、食パンにハムやレタスを挟んで斜め半分に切った大きなサンドイッチとメモが置かれていた。

【ついでに作ったからよかったら食べて。コーヒーや冷蔵庫の中のものも自由に飲食していいからね。いってきます。直】

きれいな右肩上がりの字を見て、つい微笑んでいた。

直さんらしい字だ。彼の字なんて、まじまじと初めて見た。

「いってらっしゃい」

小さくつぶやいてメモをごみ箱に捨てようとしてから、不思議と捨てる手が止まって、そのままテーブルの見える位置にメモを置きなおした。

それからキッチンに行ってみると、わかりやすくコーヒーメーカーも置かれていて、コーヒーをカップに注ぐ。

テーブルについて「いただきます」とサンドイッチにかぶりついた。

「なにこれ、おいしい！」

パンに塗られたソースに秘密があるのか、今まで食べた中で一番おいしくて食べるのが止まらなかった。

自分には大きすぎるサンドイッチだと思っていたのに、結局すべて食べきってしまう。

考えてみたら、お店以外で人の作った料理を食べるのって実家を出てから初めてかもしれない。

さくらは本当に料理が全然できなかったし。

（もしかして同居って意外にいいものなのかな）

メモとサンドイッチですでに絆されかけている自分に気づくと頬を叩いた。

問題は、このままここに住み続ければ、直さんと一緒に住んでいると廉にバレること。

何せ同じマンションなのだ。しかも職場まで同じときている。

先に話したほうがいいとは思うけど、どうやって話せばいいんだろう、と思い悩みながら出勤した。

更衣室で事務の制服に着替えて受付に向かう。通り道の外科の近くで肩を叩かれた。

振り向くと、ちょうど廉本人がいて転びそうになった。

「お、おはよ、廉っ」

「おはよう。よもぎさ、今日の朝、寮のマンションから出てこなかった？」

すぐに問われて慌てる。

（すでに見つかってるじゃないっ）

神様は、私に考える暇も与えてくれないようだ。

視線をあちこちに移しながら考える。

（この場合、なんて答えるのが正解？『たまたま泊まってました』も変だし）

でも、これからもお互い見かけることもあるだろうし、隠し通せる自信もない。

考えて、私は自分の手を握って答える。

「私、昨日から寮に住んでて」

「そうなのか？　早く言えよ。部屋どこ？」

「教えない。教えるわけないでしょ。どうせ、すぐに部屋に押し入ってくるつもりでしょう」

「よくわかったな。ほら教えろよ」

廉はさらに食い下がる。廉の顔を見ているだけで泣きそうになった。

(まさか『直さんの部屋に住んでまーす』なんて絶対言えないし。次はなんて答えればいいの？　初っ端から絶体絶命だよ！)

そこでふと我に返った。

だって、この状況って、私が自分の気持ちを後回しにして逃げ続けてきた結果だ。

もし、直さんの部屋に住んでることがバレれば絶対に終わるし、さくらや伸からバレる可能性だってある。きっと隠し通せない。

ならいっそ、全部、廉に伝えてみればいいんじゃないか。

(私の気持ちも含めてちゃんと伝えればいいんだよね)

そんな考えに至った。

ずっと告白できないって日和ってばかりだから、事態がおかしくなっているんだ。

廉と私の〝運命の赤い糸〟は繋がっていなかった。

だから糸が見える私は廉の言葉を受け入れることも、自分から告白することもできなかった。

でもこれまで、色々な夫婦や恋人を見てきて知っていた。

世の中には、赤い糸で繋がっていない夫婦や恋人だっていることを。

そして、その人たちが決して不幸せではないってことを……。

決心して息をのみ、口を開く。

「あのね、廉。それも含めて今日の夜――」

「よもぎ！　廉！」

私の声を遮り、はじけるように明るい女性の声が後ろから聞こえた。

廉と振り向くと、そこには高校のときに同級生だった佐久間亜依《さくまあい》がナースクラブを着て立っていたのだった。

（あ、亜依……）

私は亜依を見て固まってしまう。

ふわふわした柔らかそうな髪。透明感のある大きな茶色の瞳。亜依は変わらないかわいい顔でニコニコ笑って私と廉を見ていた。

「相変わらずね。あなたたちは」

廉は頬を膨らませる。

「ほんと変わらねぇよ。ずっとよもぎにアプローチしてるけど、全然受け入れてもらえないわけ。一体この完璧な俺のどこが不満なんだよな？」

「まぁ、廉がみんなの王子様だったのは認めるけど、押しすぎなんじゃない？　時々引かなきゃ。恋愛は駆け引きが大事よ」

私はハッと我に返ると怒って口を開く。

「廉は勝手に本人の前で変な相談しないで。亜依も本人の前で相談にのらないっ」

「はは、ごめんごめん。つい高校時代に戻ったみたいでさぁ」

亜依は、昔のままの人懐こい笑みで謝る。そんな亜依に廉が聞いた。

「亜依は看護師だろ？　なんだ、そのスクラブ。うちで働くの？」

「そうよ、今日からここの外科で働くことになったの。よろしくね、廉先生」

「へぇ、そうなんだ」

それからふたりは微笑み合う。恋愛感情のない、心底仲の良い友達同士の笑みだ。

だけど――。

私は唇を噛み、そこから顔を背けた。もう見ていられなかった。ふたりが話しているだけでどうしても割り切れない気持ちになった。

ちょうどそらしていた視線の先、白衣姿の直さんがやってくる。

直さんは私に視線を向けて、真剣な顔で私をまっすぐ見ていた。

全てを見透かすような瞳にドキリとして私が直さんからも視線をそらしたとき、彼は亜依に向けて口を開いた。

「佐久間さん。これからよろしくね」

「直先生、こちらこそよろしくお願いします」

ぴょこん、と勢いよく亜依が頭を下げる。

直さんは私たちの顔を見回し、いつものお兄さんスマイルで続けた。

「佐久間さん、よもぎと廉の同級生なんだって？　本当にうちに来てくれてよかったよ。

患者さんは増えてるのに人手不足だったし、すぐに来てくれるって言うから」

廉は口をとがらせる。

「亜依が入るって知ってたなら教えてくれればよかったのに」

「いや、よもぎと廉の同級生だってことは、さっき話してて知ったんだよね」

そう言って直さんが微笑めば、亜依が少し赤くなって微笑み返す。

「学生時代はお会いしたことがなかったですもんね。でも、すごく助かりました。直先生と看護師長がすぐに採用をきめてくださったおかげでスムーズに転職できて」

「前の病院は辞めたんだ？」

廉が聞いた。

「うん、ちょっと色々あってね」

「それって――」

「私もう行くね！　事務の朝礼が始まるから！」

話が続きそうだったけど、私は慌てて三人に手を振る。

止めようとした廉を振り切って速足で歩きだした。

そして遠ざかってから、まだ話していた三人を振り返って見た。

「絵になるなぁ……」

亜依は昔から明るくてかわいくて、なおかつ性格もいい。

そんな亜依と廉が、お互いに恋愛感情をもっていない親友関係だってことも知っている。

でも、私はそんな彼女が心からうらやましかった。

ずっと自分が亜依だったらって思っていたんだ。

――廉と〝運命の赤い糸〟で繋がっている亜依だったら、と。


その夜、直さんが帰ってきたのは深夜二時を過ぎてからだった。

私が玄関まで迎えに出ると、彼は驚いた顔をしたあと幸せそうに微笑む。

「おかえりなさい」

「ただいま。起きて待っててくれたの？　嬉しいな」

はにかむ笑顔に罪悪感を覚えつつ、彼にまっすぐ頭を下げた。

「疲れているときにごめんなさい。話があるんです。聞いてもらえますか？」

「うん。じゃ、リビングに行こうか。ここじゃなんだから」

直さんはそう言って、私をリビングに連れて行った。

彼がジャケットを脱いでネクタイを緩めた姿になぜかドキッとして、慌ててキッチンに行ってふたり分のコーヒーを淹《い》れる。

直さんにコーヒーを渡すと、彼は、ありがとう、と微笑んで、ソファに私を誘導し座らせる。そして自分も隣に座った。

私は大きく息を吸うと口を開く。

「あの……もう、廉にこのマンションに住んでることがバレちゃって。部屋、やっぱり移動したいんです」

(やっぱり廉の近くにいたい)

私は、亜依がうちで働くならなおさら廉のそばにいたいと思った。

直さんを見上げると、彼は申し訳なさげに眉を下げる。

「実は、他に寮に入りたいって人がいるんだ」

「……へ?」

嫌な予感がして胸がドキドキとし、額に冷たい汗が滲む。

しかし、嫌な予感ほど大抵が当たるものだ。

「ほら、よもぎと同級生の看護師の佐久間さんだよ。地元だから寮なんかに住まないだろうと思っていたけど寮がいいって。それにうちはセキュリティもしっかりしてるからね。できればすぐにって」

「………」

「だからどうしようかなって思ったんだ」

彼が困ったように額を掻く。

もし亜依が寮に住むとなれば、彼女が住むのは廉の隣ってことだ。

(やっぱり〝運命の赤い糸〟が繋がってるっていうのはこういうことなんだ)

頭が真っ白になる。

「それは……」

「僕も今日聞いたんだけど少し事情があるみたいでね……」

「事情？」

「前に住んでた家、不審者が入ったみたいで気持ち悪くて出たんだって。でも、実家も帰りにくくて今はビジネスホテルに住んでるんだよ。ただ看護師の仕事って不規則でしょ？　体調管理もしづらいし、僕も気になっててね。ちょうど寮にあきがあってよかったって」

　つい口を噤む。

　どう考えても、彼女の事情の方が優先されるだろうし、そうしなきゃいけないと思う。

〝運命の赤い糸〟で繋がっているということは、少しでも運命の歯車が回りだせばすぐに相手と引き寄せられるようにできているということだ。

　それはこれまでたくさんの運命を見てきてわかっていたはずだ。

(廉の隣に住むことになるのは亜依なんだ……)

　息を吸い、覚悟して口を開く。

「譲ってください。亜依に」

「本当にいいの？」

「……はい」

「うん。わかった。僕はそっちの方が嬉しいからさ」

　直さんの言葉も聞こえていなくて、なんだかぼんやりしていた。

　私はいつだって日和ってばかりで、全部赤い糸のせいにして逃げてきた。

廉のことだって、小さいときからずっと好きだったくせに、糸が繋がっていないからと告白もできなくて。やっと告白する勇気が出た高校のとき、亜依に出会ってしまった。

ふたりはずっとただの友達同士だったけど、ふたりが赤い糸で繋がっていることを知っている私は、結局、何も行動できなかった。

それでも卒業してからは、どうにか抗おうと、とにかく赤い糸なんて切ってしまえ！と色々無茶な行動に走ってみたけど全然上手くいかなかった。

そうこうしているうちに亜依と再会して、また同じように悩んでいる。

そして――こうやって告白するチャンスを逃した今も、心のどこかでホッとしているなんて……。

「本当に滑稽だなぁ」

直さんに聞こえないように小さく呟いていた。

次の瞬間、彼に目じりを指で拭われる。それで自分が泣いていたことに気づいた。

顔を上げると切ない顔をして彼が私を見ていた。

「な、なんですか……」

「だって、泣いてるから」

「泣いてません。これは、ただの水ですっ」

私が叫ぶと直さんは安心したように笑い、それから私の涙のついた指をぺろりと舐める。

その行動にドン引きして、泣きながら問う。

「ちょ、なにしてるんですか！」

「だってもったいないしさ」

「なにがもったいないんですか。水分が不足してるなら今すぐ水を飲んでください！」

真っ赤になりながら、直さんがまだ自分の指についた私の涙を舐めるのを必死に止めた。

「もうやめてくださいって！」

「こっちも」

彼の行動が素早くて、止める間もなく左目の目元まで指で拭われて同じように舐めとられる。

恥ずかしさのあまりまた泣きそうになったけど、同じように舐められたらいたたまれないのでなんとか堪えた。

そんな私を見て彼は微笑む。

「泣き止んだ？」

「直さんはおかしいです」

付き合った経験もないしよくわからないけど、これが当たり前ではない気はする。

「だろうね。僕はよもぎが好きすぎて、おかしくなってると思うよ」

彼はまた優しい笑みを落として、私の髪を撫でた。

（変なの。でも、私も変だよね。好きな男の人のお兄さんと、こうやって一緒にいるなんて）

直さんは私の手にあるコーヒーカップを取って、ローテーブルに置き、私の目をじっと見つめた。

そしてなぜか当たり前のように、「キスしてもいいかな？」と聞いてくる。

「なっ……！　なんで」

「今したいって思ったから。でも約束もあるし、許可がないとだめでしょ」

「そんなのっ」

（なんでいちいち聞いてくるのだ。勝手にしてくれ！）

そうは思うが、他の日に勝手にされたんじゃ困る。

でも今日は、今日だけは、キスされてもいいなんて思ってる。

きっと廉の件で自暴自棄になっているのだ。

「今日だけです。別に直さんが好きだからするんじゃないんですから。ただ、色々とどうでもよくなっただけで……んんっ！」

私が言い終わるより前、彼は私に口づけた。

一瞬、唇が離れて、それを思わず止めようと右手を伸ばす。するとその右手を取られて右手にキスされる。

ぼんやり見ている私の唇に、彼はまたキスを落とした。

何度も、何度も、唇が重なる。

ちゅ、ちゅ、とリップ音が室内に響くたび、廉とのこれまでの時間が何度も蘇る気がした。

――私は廉が好きだった。

告白するチャンスも、告白を受け入れるチャンスも山ほどあった。

なのに全部逃して、今、ここでこうしているなんて。

（私は本物のバカだ……）

直さんは耳元に唇を寄せ、低い声で囁く。

「今は僕のことだけ考えて」

「そんなの……っ、ひゃぁっ……！」

首筋に唇が落ちる。

続いて鎖骨にキスをされているうちに、彼の指が私の手にするりと入り込む。

「な、直さん？」

「僕はどんなよもぎも好きなんだから。利用したいだけしていいんだよ」

優しく言って、きゅ、と強く手を握られた。

その言葉に、指の感触に、息をのんで直さんを見つめる。

「利用？」

「うん。いい子だから、僕にしてほしいこと教えて」

「……なら、もっとキスして」

思わず零れた言葉に、彼は目を細めて笑う。

そして、次にまた唇が合わさる。するりと舌が入りこみ濃厚なキスを交わしていた。

キスの途中、いつの間にか直さんの手を強く握り返していた。

何度もキスして、少しだけ合間に息を吸ったら、またキスして……。そんな繰り返し。

そのうちぼんやりしてきて手が緩んだ隙、彼の手がそっと動く。

私はというと、このキスをもっとしたいって、それだけを考えていた。

やっぱり直さんとのキスが気持ちいいなんて変だ。

ふと我に返り自分の状況を見て慌てて彼を押した。

「な、直さん⁉」

「ん？」

「なんで脱がせてるんですか！」

夢中でキスをしている間に私の上半身はブラとキャミソールだけになっていたのだ。

キスをしながら器用にルームウェアを脱がされていたらしい。

（あなたはマジシャンか何かですかっ）

状況に気づいて一気に顔が熱くなる私に、彼は悪びれずフフッと笑う。

「ごめん。つい」

「つい、で脱がさないでください！」

あまりにも自然に脱がされていたので、この流れのまま気づいたら処女じゃなくなっていた、なんて結果になったら笑い話にもならない。

っていうか、ぼんやりしたエッチの知識しかないけど、大人の男の人ってこんなに簡単に相手を脱がすものだったのか。

なんだかすごいイヤラシイ。直さん、爽やかに笑ってるけどすっごくイヤラシイ。

（なんでそんなに流れるようにすぐにしようとするのよ！）

胸元を隠しながら、彼を睨みつける。

「直さん、これまでピュア恋愛してきたんじゃないんですか。キスまでするのも、最後までするのも、相当時間がかかったって」

「だから、あれはあっちに押されて……」

「それで、一回エッチしたらポイッってひどすぎませんか」

「捨てたわけじゃないけど……」

直さんが困った表情を浮かべる。

（図星だから困ってるの？）

他の女性にはゆっくりなのに私に対してだけは性急で、隙あらばものにしようとするのもなんだかものすごく嫌だ。

男性に大事にされていると感じるのは、ゆっくり待ってくれるパターンだろう。

（なのに、『本気になるとすぐにでも襲いたくなっちゃう』ってなによ！）

もしかしたら、それも嘘かもしれないな。

エッチしたら、私もポイッと捨てられるのかもしれない。

（する予定はないけど、もしそうなら許さないからっ）

ガルルッと直さんを睨むと、彼はなだめるように私の頭をポンポンと叩く。

「そういう浅はかな恋愛は十年以上も昔だよ。高校とか大学のときね。周りは男と女がいれば、付き合うとか付き合わないとかいう空気で、好きでもないのに告白された子と付き合った」

ほら、最低男じゃない、とさらに睨んだ私に彼は肩をすくめて見せる。

「でも何かしたいと思えなくて、何もしないでいたらせがまれてキスして、それでもその後また何もしないでいたら、『手を出さないなんてよっぽどあたしに興味ないんだ』って泣かれて、した。してもやっぱり愛着とか湧かなくて、自分からキスもセックスも『したい』って思えなくてね。そんな気持ちが伝わったのか、あっちから振られた。同じパターンで三人」

直さんのこれまでの恋愛事情を聞くのは初めてでなんだか胸がドキドキしたけど、なぜか聞きたいと思ってつい耳を傾けていた。

「そうなんですね」

「だから自分には、恋愛感情ってものが欠落しているんだなぁってずっと思ってた」

寂しげな直さんの顔を見つめて、私はつい口を開く。

「じゃあ、なんで私を好きになったの。いつからですか？」

なんだか、聞いてみたくなったのだ。

直さんは少し驚いたように私を見るなり、恥ずかしそうに笑う。

「いつ、か。明確な線引きはハッキリとはないんだけどなぁ。そうだね、あるとしたら、よもぎが高校を卒業する直前くらいかな」

「高校を卒業する直前？」

彼はまっすぐ私を見つめていた。

私は自分の高校の頃を思いだしてドキリとする。今も変わらないが、あの頃の私は廉ばかり見ていた。

そして〝運命の赤い糸〟が切れるのを知ったのもあのころだ。

直さんは遠慮なく私の額に軽いキスをして、髪を撫でる。

「それからずっと好きでね。七年くらいかなぁ。もう今は『恋愛感情がないのかな』なんて思わないよ。好きすぎて、少しでも隙があればすぐに何度も抱きたいって思ってるから」

「ひっ、こわっ！　そんなこと言われて安心してここで過ごせるわけないですよね⁉」

慌てて直さんの胸を押す。すると直さんはその手を摑んで、「大丈夫、なけなしの理性振り絞って我慢してるから」と言いながらキスをする。

「んっ」

首筋に、鎖骨に、彼の唇が落ちる。

まだ上半身はブラとキャミソールのままだったので、キスは二の腕にも、手首にも、そして、はだけて見えたお腹にも落ちた。

キスの感覚に、ピクリと身体が跳ねだす。

いつの間にか、唇だけでなく他の場所にされるキスすら気持ちいいと身体が認識し始めていた。

慌ててまた彼を押しながら叫ぶ。

「我慢するんでしょ？　絶対、最後までしませんよ。させませんよ。絶対ですからねっ」

「そんなに怖がらなくてもわかってるよ。抱くのは我慢するって」

直さんはもう一度鎖骨と胸の間のギリギリのところにキスをして、

「でも、もう少しだけキスさせて」

と言って、最後は唇に口づけた。


次の日の朝起きてすぐ、昨日の夜を思い出し、ベッドの上で悶絶していた。

「何を許してるのよ、私っ」

あれからさらにキスされた。首筋、鎖骨、二の腕、指先。ついには足まで。

ふくらはぎに口づけられたとき、恥ずかしさの限界がきて自分の部屋に逃げ込んだ。

「やりすぎちゃったね、ごめん」

彼は部屋の外から絶対に反省していないであろう声色で謝ったのだった。

(直さんって、ああいう男だった！)

自暴自棄になって、油断した私がバカだった。

私は前々から処女を捨てるつもりだったけど、直さんに処女を捧《ささ》げるつもりはこれっぽっちもない。

廉との恋がうまくいかないとしても、廉は何年もずっと好きだった人だ。

そんな人の兄の恋人や妻になるなんて私の神経では耐えられないからだ。

(だから矢嶋兄弟には絶対関わりたくなかったのに)

考えながらも先に出勤している直さんが作り置いてくれた朝食を食べる。

今日は白いご飯に、具だくさんの味噌汁、卵焼きに漬物というシンプルな組み合わせなのにこれがまたおいしい。

廉に誤解されたくないだけで、私は直さんとの生活に不満があるわけじゃないのがなんだか悔しい。

朝の身支度を済ませ病院に行ったところで、すぐ廉に声をかけられた。

会いたくない人ほど会うものである。

(今、会いたくない人ナンバーワンなのにぃ……)

わざわざ人どおりが少ない道を通ったのに、意味がなかったらしい。

引きつる顔を無理に笑ってごまかし、おはよう、と声をかけた。

「ずっと気になってたんだけど、昨日何か言いかけなかった？」

珍しく、廉が真面目な顔で問う。

(昨日は告白しようって思ったけど)

亜依の登場とか、部屋のこととか、いろいろありすぎてすっかり私の告白する決意はしおれてしまっていたのだ。

「ううん、なんでもない」

首を横に振る私を廉はじっと見てくる。

廉の目を見ると、悪いことをしているわけじゃないのに後ろめたくなる。

(いや、悪いこと、してるんだよね)

廉が好きなのに直さんとキスして、それが気持ちいいって感じて何回もしてるのはきっと〝悪いこと〟だ。

ふいに廉が私の首筋を指さした。

「これなに?」

「これって?」

「これ、キスマークじゃないか? 本気で処女捨てたんだ」

言われて顔が青くなるのがわかった。

(昨日、首筋にやたらキスされると思った! 直さん、また勝手にキスマークつけてるっ)

「これはね――」

手で覆って言い訳しようと口を開いた。だけどしない方がいいと思って口を噤む。

ふと顔を上げると、廉が怒った顔で私を見ていた。

(これまで見た覚えのないくらい廉が怒ってる。こわい!)

一旦逃げようと踵を返したとき、ドン！　と壁に手をつけて廉に行く手を阻まれる。

「れ、れれれれれ廉⁉」

「その相手とちゃんと付き合ってんの？」

「ちゃんとってわけではないんだけど」

私が言うなり、廉から、ゴゴゴゴ……とドス黒い空気が溢《あふ》れ出てくる。

（ひぃいいいいい！　何？　誰とも付き合ってないから怒ってるの？　どういうこと⁉）

顔から血の気が引くのが自分でもわかった。

誰か助けてください、と祈ってみても、廉に見つからないために人通りの少ない廊下を通ったのが裏目に出てしまって誰も通りかからない。

「まさか俺が日和ってる間にこんなことになると思わなかった。自分に心底腹が立つ」

廉は低い声で呟くと唇を噛む。

（私に対して怒ってるわけではないのね？）

思いかけたとき、ギロリと睨まれ身体が縮み上がった。

廉はガシッと強く私の両肩を持つ。

「よもぎも俺が好きなんじゃないのか？　よもぎ何考えてんだよ」

「ご、ごめんなさい」

「謝ってほしいんじゃないんだ」

廉は悔しそうに眉を寄せて、するりと私の唇を撫でる。

「もう強引に行くしかないんだろうな。よもぎ、週末に時間作れ」

「え？　でも」

「でも、はナシ。土日泊まりで旅行。絶対な」

「ちょっ、廉？」

聞こうとしたら、廉は行ってしまった。

早口だったけどちゃんと聞き取れた。

「土日泊まりで？　え？　泊まりって言った？」

告白できずに、諦めて引いたはずなのに……。

（何よ、この状況。泊まりで廉と旅行なんていけるはずないじゃない！）


昼休み、混乱しつつもいつも通りの唐揚げ定食を箸でつつきながら考えていた。

（どうしよう、どうすればいい？）

相談したいけど今日の食堂には姉の姿も見当たらない。

キョロキョロしていると亜依がトレーをもって私の背を叩いた。

「ここ、いい？」

「う、うん、もちろん」

（今、会いたくない人ナンバーツーにまで会ったじゃない）

そう思ってしまって、友人に対して会いたくないなんて思うのも失礼な話だよな、と反省する。亜依は別になにも悪くないのに。

いつだってそうだ。

私は自分の力のせいで、こうして勝手に人付き合いを避けてきてしまった。

いつも頭の片隅から糸の存在が消せないのだ。

亜依は席に着くなり「私、寮に引っ越せるようになったの」と笑う。

その言葉に、ズキンと胸が痛んだ。

「そうなんだ。よかったね」

言葉通り心から思えてない自分の器の小ささがよくわかる。

亜依はぱちん、と手を合わせると頭を下げた。

「それで今日の夕方、時間があれば買い物に付き合ってくれない？　夜、ご飯おごるから！」

「なんで？」

「雑貨も見たいの。よもぎならセンスがいいし安心だから」

亜依は無邪気に笑う。断る理由もないし、買い物は好きなので頷いた。

亜依は、やったぁ、と飛び上がる。

彼女の姿を見て、私はつい笑ってしまう。

「ほんといい子だよね。亜依って」

「はぁ？　何言ってるの」

直さんは最近よく私に『いい子だから』っていうけど、亜依のほうが間違いなくいい子だ。


これがせめて嫌な子だったら、なんの迷いもなく廉に告白していたんだろうけど。

そう考えて、自分の腹黒さに泣きそうになった。

「それにしても、よもぎは相変わらずすごい量食べてるのね」

「亜依は、よくそれで足りるね。看護師って体力勝負じゃない？」

私は唐揚げ定食、しかもご飯大盛り。

対して亜依は、煮魚定食にご飯は小盛りだ。

「私、常にダイエットしてるの。胸が大きいと太って見えるのよ。でも、よもぎって昔からいくら食べても太らないよね、うらやましい」

「そんなことないよ、最近行けてないけど合コンの前はダイエットも頑張ってたし。それに、私は亜依の胸のほうがうらやましい」

亜依は別に太ってはいない。ただ胸が非常に豊満なだけだ。

私は太りにくいのは確かだけど、なにをやろうが胸だけは大きくならない。

服を着たときにどうしても胸元が寂しいと思ってしまう。

「高校のときより二カップ増えたのよ。だから今はＧカップ」

「なにそれ、いいな」

亜依は私の胸に視線を落として頷く。

「よもぎは胸まで相変わらず」

「うっ……」

早々に食べ終えた亜依が、私の後ろに回った。

私の胸に手を回すなり、遠慮なしに服の上から揉《も》みだす。まるで検査でもするように。

「うーん、形は悪くないのよね。垂れなくていいじゃない」

「でも、もう少し大きくはなりたかったな。大人っぽい服も似合わないし」

遠慮もいやらしさもなく触れられ、放っておいたらまだ揉んでいる。

そして揉みながら亜依は問う。

「このキスマークの彼氏のため？」

「へ？」

「キスマークよ。首筋についてるやつ。あ、もしかして、廉？」

亜依がいたずらっぽく笑う。

キスマークの存在を思い出して顔が熱くなりながら首筋をおさえた。

「ち、ちがっ……！」

「赤くなっちゃってぇ」

「違うってばっ」

「この数はすごいよ。相当愛されてる証拠だね」

「だめだよ、ふたりとも」

突然男性の声が降ってきて、見上げると白衣を着た直さんが立っている。

「直さん」

「直先生！」

（今、会いたくない人ナンバースリーまでも会ってしまった！）

結局会いたくないいな、と思っている人全員と会うシステムらしい。

彼は苦笑して私の胸を指さす。

「そんなことしてたら、男の人みんな釘《くぎ》付けだからやめておこうね」

「え……」

私は自分の胸に目を向ける。そこでまだ亜依が私の胸を揉んでいた事実に気づいた。

（あまりにも自然で忘れてたわ……）

亜依は慌てて私の胸から手を離す。

「すみません」

頭を下げる亜依に、直さんはお兄さんスマイルで目を細めた。

「それより、佐久間さん。真田さんが探してたよ？」

「うっわ。そうだ、午後一で山下さんのＭＲＩ行くんだった。直先生、ありがとうございます。よもぎは終業後に職員出入り口でね。遅くなるときは連絡する！」

「うん」

亜依は食器をもって嵐のように去って行く。

慌ててる亜依の後ろ姿を見て苦笑してから、自分も食べ終えた食器をもって立ち上がった。

しかしその腕を、突然、直さんが摑んで制止した。

「直さん？」

摑まれた腕が全く動かせない。

不安になって直さんを見上げると、彼は目を細めて私を見ていた。

「僕以外にあんなことをさせるなんて、よもぎは悪い子だね」

「あんなこと？」

意味がわからず首をかしげる私の胸元に彼は視線を落とす。

亜依が私の胸を触った件だとわかって眉を寄せた。

「相手は亜依ですよ。女の子ですよ」

「性別なんて関係ないよ」

直さんが薄く笑って、私はその笑い方で彼が怒っていると気がついてしまった。

（なんで直さんまで怒ってるの⁉）

予想していなかったことに背筋が冷たくなる。同時に彼は耳元に唇を寄せた。

「帰ったら覚悟して」

籠るような低い声に、私の身体がピクンと跳ねる。

何を覚悟するかもわからないのに、急に昨日の出来事を思い出したのだ。

顔が一気に熱くなっていく。

(なにこれなにこれなにこれ。覚悟って何されるの！)

もう完全に厄日だ。

こんな日は飲みたい。いっそ飲んだくれて全て忘れて寝てしまいたい。

ふと今日、亜依と買い物に行く約束を思い出して慌てて口を開く。

「ででででも、今日、亜依に買い物に付き合ってって言われたんです！　ご飯も食べて帰ります。遅くなりますっ」

「ふうん。まぁ、僕も遅くなりそうだからいいけど。でももう、さっきみたいなことはないようにね」

「は、はい」

私がぶんぶんと頷くのを見て、彼は息を吐いて私の頭を撫でる。

「あと、あまり飲みすぎないようにね」

直さんはわかっているかのように釘を刺した。

(本当に、何でもお見通しだなぁ)

でもそれが嫌じゃない自分もいて、複雑な心境だった。


「「かんぱーい！」」

その日の夜、私と亜依は買い物のあと、駅前の韓国料理店に繰り出していた。

まぶしいくらいに明るい店内の照明が、気持ちまで明るくしてくれるようだ。

ふたりでビールグラスをくっつけ乾杯してすぐに口をつけた。

亜依はぐびぐびと半分くらい飲み、グラスを置く。

「よもぎ、今日は付き合ってくれてありがとう。一通りそろえられてよかった」

「ひとり暮らししてたのにほとんど処分しちゃったんだね」

私の言葉に亜依は苦笑する。

「そうなの。私ね、彼氏と別れたんだけど……」

亜依が話し出して、驚きのあまり目を見開く。

っていうかこんなにかわいいんだし、彼氏がいたって当たり前だよね。

そして今いない事実も同時にわかり、心の奥でツキリと小さな音が聞こえた。

私はできるだけ冷静に「そうだったんだ」と頷く。

亜依は嫌な過去を思い出したように眉を寄せ、勢いよく全部のビールを飲み干してグラスをドンッと置いた。

「その彼が別れてからもしつこくてさ。勝手に合鍵作ってたみたいで別れたあと私のいない間に入られたりしたのよ。盗聴器も仕掛けられてたみたいで怖くて気持ち悪くて家具も全部処分したの」

「なにそれ、完全に不審者じゃん！」

(直さんの言っていた不審者って元彼氏の話か)

亜依の直面した恐怖を思うと泣きたくなる。彼女は憤慨しながら続けた。

「それで、前に勤めてた病院にも来て大騒ぎされて居づらくなっちゃったんだ」

亜依は昔からかわいくて、性格も嫌味なくさっぱりしているから老若男女にモテる。

しかし、モテすぎるというのも大変みたいだ。

そんなふうに男の人につきまとわれれば、怖いのは間違いない。

私は、亜依が寮に入れてよかったと心から思った。寮のマンションならセキュリティ面は安心だ。

「本当に大変だったんだね。よかったよ。矢嶋総合病院に入って寮にも入れて」

「うん。もうやめるしかないってときにここの看護師募集を見て、【矢嶋】って名前になんだか高校時代が懐かしくなって受けたの」

「そっか」

「直先生はそのあたりの事情も噂で知ってたみたいで、採用もすぐに決めてくれた。親身に相談にも乗ってくれたんだ。副病院長なのに、ひとりひとりのスタッフを大切にしてるんだなぁって尊敬した」

亜依が思い出したようにうっとりとした表情をする。

(そうだよね、直さん優しいもんね)

彼は、恋愛が絡むとちょっと意地悪で変だけど、仕事では職場のみんなに全幅の信頼を寄せられている。さらに診療に入ればきびきび指示も出していて、さすが副病院長だと私も思う。

私がウンウン、と何度も頷いていると、亜依は突然私の両手を取った。

そして、真剣な目で私を見つめる。

「それで、あのね。今日誘ったのはもう一つ、よもぎに聞きたいことがあったからなの」

「なに？　私でわかるならなんでも」

一応病院内のことは、亜依よりは少しだけ先輩だ。

亜依は決意したようにゆっくり口を開いた。

「直先生って結婚はしてないよね。彼女はいるのかな？」

「……はい？　な、直さん？」

（どういう意味？）

突然直さんに彼女がいるか聞かれて意味がわからず首を傾げた。

亜依は変わらず真剣な眼差しのまま――。

「私、直先生が好きになったの」

間違いなく、はっきり告げたのだった。

（亜依が直さんを好き……？）

一瞬頭が真っ白になる。

亜依の〝運命の赤い糸〟は、間違いなく廉と繋がっている。

そんな亜依が直さんを好きになった。

もちろん、これ自体はありえない話じゃない。

赤い糸で繋がっているからと言っても、最初から一貫してその人だけが好きだったり、付き合ったりするものでもないからだ。

わかっているのに、亜依が直さんを好きだという予想外の告白を聞かされて、私は完全に固まってしまっていた。

「よもぎ?　どうしたの?」

「あ、う、うん。な、直さんの彼女、ね。よくわからないけど……直さんは昔からモテてるから、今も彼女がいないとは言い切れないかも」

そんな言葉が勝手に口からこぼれ落ちていた。

(私は何を言いだしたの?)

思わず自問する。

直さんに今彼女がいないのは明白だ。私は彼の彼女でもなんでもないから。

だから別に直さんと亜依が付き合ってもいいはずだ。

サラリと彼女なんていないと言えばいいだけの話なのに、それが言えなかった。

「彼女は、まぁ、あれだけ格好いいんだしいないはずないよね。いてもこっちはずっと一緒に仕事するんだし、チャンスはあるかなぁ」

亜依の言葉を聞いて私の口はさらに勝手によく動いた。

「あ、あと、直さん、ひとりの彼女と長く続くタイプみたい。それは確か」

「そっかぁ。やっぱり職場で見ている通り誠実なのね。じゃあ付き合えたら結婚まで行くかもね。がんばってみようかな」

亜依の思考はすごく前向きだ。普通、私と同じ年齢の女性はこうなのかもしれない。私みたいに赤い糸が見えるせいでこじらせて、前にも後ろにも進めなくなった大バカ者とは全然違う。

亜依が直さんとうまくいけば、お互いに赤い糸で繋がっていないもの同士でもすごくお似合いのような気がしてくる。

廉が好きな私にとっては、廉と赤い糸が繋がっている亜依が直さんと付き合うのは、むしろ好都合といえるのかもしれない。

なのに私の心臓はさっきからずっとドキドキとして息苦しい。

「ねぇ、なんで直さんなの？　九つも年上だよ」

「えぇ、いいじゃん！　むしろ、よもぎはどうして直先生がいいって思わないの？　あんな人、近くにいれば絶対どんな女性も惚《ほ》れるじゃん」

逆に問われて言葉に詰まる。

彼の良さだってわかっているつもりだ。

仕事だって誠実で真面目で、いつだって取り乱すことなんてないみんなのお兄さん。

最近はそれだけではなくなってきているけど、それでもやっぱり公私ともに頼りがいはある。

言い訳する必要なんてないのに言い訳じみた言葉が口から洩《も》れる。

「でもね直さんは、昔からずっとみんなのお兄さんって感じだったんだよ。そういう視点で見たことがなかったから惚れるとか考えられなかった」

直さんにも直接伝えた通り、彼を男の人として好きとか嫌いとかいう視点で見てなかったはずだ。

(きっとそれは今だって同じはず。私は今も廉が好きだから)

でも亜依が直さんを好きだと聞いて、これだけ不安で胸がざわめく理由がわからない。

亜依が呆《あき》れたように息を吐く。

「よもぎってほんと見る目ないよ。直先生、仕事も尊敬できるし、それになにより優しいじゃん。患者さんにも人気だし、副病院長なんてすごい役職なのに全然偉ぶらない。間違いなくうちの病院で一番モテてるよ。一緒に診療に入ってるからモテてるって余計に実感する」

(そういえば、亜依は外科の看護師だから直さんと一緒に診療にあたってるんだ)

それは、私も知らない彼の一面を知っているということだ。

直さんは忙しくてうちに帰ってきても数時間しかいない。

毎日一緒にいる亜依のほうが、すでに私よりも彼のことを深くわかっている。

いつの間にかギュウッと自分の手を握りこんでいた。

亜依は女性の私から見てもかわいいし性格もいい。自分が男なら間違いなく亜依を選ぶ。

（これから、直さんと亜依が付き合う可能性だってあるんだよね）

なんだろう、さっきから胸がまた苦しくなって、まるで心臓に重い岩が乗っている感覚がする。

黙り込む私に亜依はニヤッと笑った。

「まぁ見る目ないっていうかよもぎは見えてないだけか。よもぎはずっと廉しか見えてないもんね」

「そんなことないけど」

「そうなのよ。だからあんなに素敵な人がそばにいても恋愛対象として見えてなかったのよ。直先生、大人の余裕があるのよねぇ。絶対声も荒げないし、看護師がミスしても優しく諭す感じで話してくれるからグッとくるのよ。この前、消化器外科にまで駆り出されて膵頭《すいとう》十二指腸切除のオペに入ってたけど本当にパーフェクト！　あのオペする指先も堪らないのよねぇ、大人の色気もすごいし」

亜依は矢継ぎ早に話し、息を吐く。

「もっと直先生を知りたいな。プライベートなことも」

その瞳は紛れもなく恋する乙女だ。

（直さんのプライベート、か）

私は彼のプライベートな面を多少なりとも知っている、つもりだ。

知っているけど、私が彼と離れれば、それを他の女性が知るんだ。

(あのキスだって、他の女性とするんだよね……)

胸の奥から痛みがこみあげる気がして、慌ててビールを手に取り一気に飲み込んだ。

「いい飲みっぷりね。すみませーん、ビール二つお代わりください!」

亜依が手を上げる。

私は空のビールグラスをテーブルに置き、「あのね」と口を開いた。

「うん、どうした?」

亜依が私の目を見つめる。

あのね、ちゃんと付き合ってはないけど、私と直さんは今一緒に住んでてキスもしたんだ。それで、私、なぜか彼のキスだけは好きだって思ってる。

あのね、の続きはこれだった。

(って、そんなわけわかんない話できるはずないじゃない!)

思わず首を横に振った。

「ごめん、なんでもない」

自分のバカさに嫌気がさして、やってきたビールのお代わりもすぐに飲み干してしまう。

——あまり飲みすぎないようにね。

そう言われてたんだっけ……。

飲みすぎてごめんなさい。だってなんだか不安で、落ち着かなくて。

自分でもどうしていいか全然わからなかったんだもん。

「よもぎ、大丈夫？」

ふわふわした意識の中で亜依の声が聞こえる。

タクシーに揺られて、ついたのが寮のマンションだというのはわかっていた。

「うん、ありあとー」

「もう、何やってんのよ。部屋は？」

「うーん……」

（あぁ、眠いなぁ。今日はなんだかすごく考え疲れちゃったんだ）

今まで恋愛関係はただ廉のことだけ考えればよかったから余計かもしれない。

ウトウトしている私の耳に、亜依が誰かと話してる声が聞こえる。

「あ、ちょうどよかった。よもぎ酔っぱらっちゃって、でも部屋番号わかんないのよね。私の引っ越しは明日だから今日は布団とかないし、ホテル狭いしで預かれないんだわ」

「俺が引き受ける。ありがとう」

「助かったよ、ありがと。じゃあ、おやすみ」

少ししてふわっと身体が引き寄せられた。

薬品と消毒液。あとほんの少し血の混じったような匂い。

（いつもの直さんのにおいだ）

「おい、よもぎ？」

「ごめんなしゃい、飲みすぎちゃって。直さん、今日は早かったんれすねぇ」

「……え？」

気づいたら彼に抱き着いていた。

驚いたように彼は固まり、いつものように背中に腕を回すことはしなかった。

それがなんだか寂しくて、自分から抱きしめる腕に力を込める。

「私、嫌な奴れす。『直さんに彼女はいない』って言わなかったんれす。誰かが直さんと付き合ってキスしたらって思うと言えなくて。いつも直さんは『いい子』だって言ってくれるけど、私もういい子なんかじゃないんれす」

（おかしいよね。私は廉が好きなのに）

廉がずっと好きだった。

でも、直さんとのあのキスも、直さんと過ごす時間も失いたくないって思ってる。

（廉が好きなのに、ずっと直さんのことばかり考えてしまってる……）


ハッとして目を開ける。起き上がると頭が少し痛かった。

薄暗い室内を見回して、ここが直さんの寝室であると気づく。

「ここって、最初に私が酔っぱらって寝てた場所だ」

ってことは直さんがここに連れてきてくれたのだろうか？

はっきり記憶に残っているのは、亜依とタクシーに乗ったくらいまで。

（もしかして亜依が直さんに私を預けた？）

直さんは何か言っていないだろうかと不安になって青ざめる。

そのとき寝室の扉が開いて、直さんがペットボトルの水を私に渡した。

「よもぎ、起きた？　飲みすぎないでって言ったのに。これ、水」

「ご、ごめんなさい」

「飲んで？」

「あ、はい」

（あれ？　なんか怒ってる、よね？）

声が、雰囲気が、それに目がいつもと違って、怒ってるってわかる。

飲みすぎないでって言われたのに飲みすぎたからだ。

でも、以前よりは飲んでいないと思う。少し頭は痛いけど気持ち悪くもないし。

寝室にある時計を見ても、まだ十二時になる前。

お店には大体九時くらいまでいたはずだから、二時間半くらい寝てしまったのだろう。

「今日は早かったんですね？」

「そうだね。連絡もらって慌てて迎えに行ったから」

「連絡？」

「それより水、もっと飲まないと」

直さんは私の手にある水を取って、自分の口に含む。それからすぐに口づけて、水を私の口内に流し込んだ。

「んんっ！」

慌てて押しても、彼は気にすることもなくもう一度同じように自分の口に含んだ水を私に飲ませる。

無理矢理にされるし、水の量も多いから、唇の端からどんどん水が零れていった。

「な、直さんっ」

「濡れちゃったね」

「大丈夫です。拭きますから」

彼は慌てる様子もなく、私を見て薄く笑う。

なぜだか不安になって私が立ち上がろうとしたとき、彼が私の手を掴んだ。

「な、なに……。何ですか？」

次の瞬間、トップスをキャミソールごと頭の上まで捲《めく》りあげられて、いきなり直さんの面前に自分の下着姿が晒される。驚きのあまり固まってしまう。

脱がされた服が手に巻き付いているせいで、手も動かせない。

直さんは胸元に指先を這わした。

「ひゃっ！」

「今日は二度も不用意に人に触らせて」

「な、なにっ？　直さん⁉」

ずざっとベッドの上で後ずさったけど、ベッドのヘッドボードが背中に当たっただけだった。

直さんはゆっくり私の前まで来て鎖骨に口づけ、私の方に目を向ける。

「な、何か怒って、ます?」

「それ、この状況で聞けちゃうところがよもぎらしいね」

彼はまた薄く笑って、そのままブラのホックを片手で器用に取って上にずらす。

突然の出来事に言葉を失った。

冷たい空気が素肌を撫でて全身が粟立つ。そっと熱い大きな手が胸全体を覆った。

「やぁっ、直さんっ。嘘でしょ?」

「ずっと触れたかった。できれば僕が一番に」

「あっ……!」

晒された胸元に口づけられる。身体が大きく跳ねた。

小さくても多少なりともある柔らかい感触を愉しむように胸を揉まれる。

次の瞬間、先端を摘まれ、さらにビクビクと身体が勝手に跳ねた。

「やあぁっ……!」

「かわいい、よもぎ。どこがいいかもっと教えて」

「いいって、どういう……あっ、あっ、も、直さんっ、だめ!」

愉しむように右胸の先端を親指の腹で撫でられる。

左胸の先は口に含まれ、舌で転がすように弄ばれていた。

空気を含んだ水音が耳から脳を直接刺激する。涙が勝手にあふれた。

これまで女の子に胸を触られようとも、興味本位に自分で触ってみようとも、胸なんて触ってもちっとも楽しくないし気持ちよくもなかった。

なのに今はどうだ。

たった少し触れられ、舐められただけで、ゾクゾクとお腹の底からこみあげてくる感覚。

そして、行先もわからないままどんどん追い詰められていく気がした。

ショーツが濡れた感触がして、知識として少しは知っていたことが自分の身に降りかかっていることがわかる。

そうすると直さんがしている行為がやけにリアルで怖くなってきた。

「ふぇ……。も、お願い、やめて、ください……」

えぐえぐと泣きながら懇願する。

やっと胸の先端をいやらしい音を立てて舐めていた唇と、撫でていた指先が離れた。

ホッとした私の唇に彼の唇が重なった。

「んっ……」

唇が離れたと思ったら、次は汗の滲んだ額にキスをされる。

すぐに額にこつんと額をくっつけられ、直さんと至近距離で目が合う。

彼は目を細めてニッコリと微笑んでいたけど、そこに隠れている怒りが透けて見えるよ

うな気がした。

瞬間、逃げるように私の身体がピクリと動いた。

だけどそれは許されず、動けないように両腕を掴まれた。

「離してください」

「おしおきも兼ねてるし、もう少し気持ちいいのがわかるまで頑張ってみようか」

その言葉に震えた胸の先端を、再度彼の唇が包んだ。


——それから一時間後。

「よもぎ、入れてよぉ。ここ僕の部屋だし。ごめんって」

直さんが部屋の前で、謝罪の感情など全く籠っていない声色で謝っている。

私はベッドの上でブランケットにくるまって、ドアの方を睨んだ。

水を持ってくる、と部屋を出た彼を、ドアの内側から鍵をかけて締め出したのだ。

「嘘吐き！　嫌なら絶対しないって言ってたのに。昨日といい今日といい、最低です」

あれから、何度も胸に触れられキスをされた。

不思議なことに彼に触れられると全身がおかしなほど何度も跳ねて、最後までされるんじゃないかと緊張もして何度も泣いた。

なのに彼はキスも、胸に触れるのもやめてくれなくて、舌や指先で追い詰め続けた。

そのうち快感を掴み始めた私を見て、そのことを正直に口にするまでやめてくれなかったのだ。

「昨日は嫌がってなかったし、今日も最後は気持ちよくなったでしょ？」

「変態。もう大嫌いっ」

「『もう大嫌い』ってことは、これまでは好きでいてくれたんだ？」

「こっ、言葉尻を捕らえないでください。違います！」

「そうだね、よもぎは廉が好きなんだもんね」

はっきりした声に、私はドアを見つめる。

（やっぱり直さんは知ってたんだ……）

今まで、そうかもとは思っていたけど、はっきり言われてはいなかった。

私が黙り込むなり彼はサラリと「でもごめん」と謝る。

いつも通りの全然悪いと思っていないような声色で続けた。

「廉に、うちによもぎが住んでるってバラしちゃった」

「えぇえぇえぇえぇえ！」

（一体、直さんは何を考えているの！）

直接文句を言おうと、私は鍵を開けてドアを勢いよく開く。

彼は私の顔を見るなり「天岩戸から天照大神が出てきたね」とクスリと笑った。

「な、なななな何してるんですか！　なんで私の気持ちも知ってて、一緒に住んでるなんて伝えたんですかっ」

「だって、よもぎが酔っぱらって廉に保護なんてされるから。廉の部屋のベッドで寝ているよもぎを見たら、つい言いたくなっちゃって」

「つい、って。っていうか廉のベッド？」

（私、廉に保護されて、廉のベッドで寝てたの？）

青ざめた私の顔を見て、直さんは息を吐く。

「やっぱり覚えてないんだ。本当に不用心だよね。それとも廉になら抱かれてもいいと思った？」

彼は私の髪を一束持って口づけ、「本当に悪い子だ」と低い声で告げた。

思わず彼を睨んだが、結局自分が悪いということに気づいて俯《うつむ》く。

全部自分のせいだし、最低なのは自分だ。

泣きそうになったとき、私はあることに気づく。

「えっ……」

左手の薬指から伸びる赤い糸がまた短くなってる。

もう十メートルもない。

（何がどうしてこうなってるの！　やっぱり今日は本物の厄日だ）

どんどん短くなる糸を見ているだけで不安が自分の足元からゆっくり上ってくるようだ。

「どうしたの？」

直さんが優しく聞いた声も私の耳には届いていなかった。

糸は見る限り八メートルくらいに見える。

普通なら、この糸の長さのふたりは間違いなく付き合っているというレベルだ。

(なにかの誤作動だろうか？)

誤作動にしてもまずい。これ以上短くなると絶対にまずい。今でも十分まずいのに。

(一体、どうすればいいの？)

冷たい汗が背中に滲む。

青くなっている私とは対照的に、直さんが明るい声で言った。

「あ、もしかして、また何か変化した？」

内容に驚いて顔を上げた私と彼の視線が絡んだ。

彼のまっすぐな瞳に捉えられ、動けなくなる。

「な、何言ってるんですか」

「よもぎ、教えてよ。今、〝糸〟はどんなふうになってる？」

彼がニコリと笑って聞いてくる。

(ねぇ、神様。この人、一体どこまで知ってるの⁉)

第五章　七↓五メートル

私とさくらの母の実家は『縁結び』で有名な春日園神社を守っている。

もともとはどこにでもある普通の神社だったが、曾祖母の代になぜかここからたくさんのご縁が生まれた。

簡単にいえば、曾祖母は私と同じように〝運命の赤い糸〟が見えたということらしいが、事実を知っているのはほんの一握りの人間だけだ。

今でもそのときに縁ができた夫婦の子どもや孫、そして噂を知る人たちがご利益を求めてひっきりなしにやってくるので、事業拡大にめざとかった後継ぎの伯父が『婚活神社』として売り出し、それがなんと大当たり。

今や婚活に関する依頼がひっきりなしで、神社はいつも大盛況。

神社でありながらイベント会場のようになっている。

それはさておき、赤い糸が見えた曾祖母自身は大変な人生だったようだ。

小さな頃から不思議な力があるとして恐れられ、村八分にされた経験もあったと聞いている。

理由ははっきり聞いていないが、曾祖父との仲もうまくいってなかったようだ。それらの心労か、曾祖母はひとり娘である祖母を産んだ後、早くに亡くなった。だからなのか祖母は、私が〝運命の赤い糸〟が見えると知るや否や、強く言い聞かせた。その力は、決して他人に知られないようにしなさい。自分の赤い糸が繋がっている相手には特に――と。

「何の話でしょうか」

できるだけ動揺を隠しながら言う。視線は揺らさないように、声は震えないように細心の注意を払った。

でも心中はというと、

(直さんなんで知ってるの⁉　自分から聞いてなにかボロを出すわけにもいかない！)

とパニック状態だ。

私と違って目の前の直さんは余裕のある顔で微笑み、それから私の頬を撫でた。

まるで全部わかっている、と言わんばかりの仕草に泣きたくなる。

「へぇ、そうくるんだ？　誰かから口止めされてるのかな」

「意味がよくわからな――」

「でもね、僕はよもぎ本人から聞いたんだよ。まぁ、かなり小さかったから、よもぎが覚えていないのも無理ないけど」

私の言葉を遮った彼を、思わず見つめた。

息をのむ音が聞こえてしまいそうで、息すらのめない。この時間が永遠に感じる。

彼は愉しげに目を細めて続けた。

「よもぎが言葉を話しだしてすぐのころに僕に言ったんだよ。『わたしと直兄がすごく長い〝糸〟で繋がってる』って」

「そ、そんなの子どもの戯言です。ほら、子どもってその手の空想をするでしょ」

誤魔化す言葉を紡ぐなり、直さんはまたさらに微笑む。

やっと納得してもらえたのかとホッとしたのもつかの間、彼は声のトーンを落としてぴしゃりと告げた。

「僕もそう思ってたよ。ずっとね」

(思って、た?)

不穏な気配に胃から緊張がこみあげる。

彼は苦笑しながら冷たく乾いてしまった私の唇に優しく触れた。

「今もこんなに動揺しちゃって。よもぎに隠し事は無理なんだから、全部僕に話してよ」

『自分の赤い糸が繋がっている相手には特に』という祖母の言葉が頭をめぐる。

(直さんは私と糸が繋がってるのよ。言えるはずないじゃないっ)

混乱しながらもシラを切り通すことを決め、何とか口を開いた。

「だから、そんなのあるはずないじゃないですか。直さん、お医者さまなのに、そんな非科学的な話を信じてるんですか。〝運命の赤い糸〟があるなんてこと」

「アハハッ」

「な、なんですか」

（なんで笑うのよ！　こっちは隠すのに必死なのよ）

これまで嫌でも、辛くても、ずっと隠してきた。

さくらも〝運命の赤い糸〟の話は知っているけど、あまり多くのことは伝えていない。

同じ能力を持つ人はこの世に誰ひとりいなくて、私だけが抱える秘密の力。

この力があってよかったと思ったことなんて一度もない。

直さんはさらに嬉しくてたまらないといった様子で白い歯を見せた。

「なにかおかしいですか？」

「僕は〝糸〟って言っただけで、〝運命の赤い糸〟だなんて一言も言ってないよ」

「うっ……」

（なに、その刑事が仕掛けてきそうな罠《わな》！）

絶句した私を見て彼はなおも嬉しそうに微笑む。

「へぇ、糸って本当に赤く見えるんだ。〝運命の赤い糸〟だなんてまるでおとぎ話みたいだね」

何がおとぎ話だ。

これはそんなにかわいいものじゃない。私にとってはある種の呪いだ。

赤い糸が見えるせいで、私はずっと大好きだった廉に告白もできず、気持ちも受け入れられないままだった。

(こんなもの見えなければきっと廉と私は今頃――)

泣きたくなったところで、直さんの顔が近づいてくる。

逃げる間もなく流れるようにキスをされた。

「んっ……」

彼のキスはあたたかくて、不思議なことに高ぶっていた気持ちが落ち着いていく。

それとも〝運命の赤い糸〟が繋がった相手とのキスは、なにか特別なんだろうか……。

そっと唇が離れる。

直さんは私の後ろ髪を優しく撫でた。その感触でハッとした。

「なんで付き合ってもないのにキスなんて」

「ん？　キスしたら何か変わるのかなって思ってさ」

「そんなわけ……っ！」

糸を見てまた絶句する。

(本当に短くなっているじゃない！　お願いだから今すぐ戻してほしい。もう少しも短くしたくないのに！)

彼が愉しげに聞いてくる。

「あ、また何か変わったの？　じゃあ、最後までしたらどうなるのかなぁ」

クスクス笑いながら、ひざの裏に腕を入れられてひょいと抱き上げられる。

暴れようとしたときにはベッドの上に戻されて、彼が上からのしかかっていた。

(最後まで……って。まさかこういう意味⁉)

慌てて直さんの胸を押す。

「ちょっと待っ……んっ、ふぁ」

黙らせるように深いキスをされ、首筋にキスが落ちる。

首筋に鎖骨に小さなキスを何度も落としながら、直さんの手が先ほどと同じように上半身に滑り込む。

「やめてっ、やぁっ……」

「よもぎ、ここ弱いよね」

ブラの上から、先端をグリッと潰される。

「ひゃぁんっ……！」

素早くトップスはたくし上げられ、ブラはずらされ、胸の先端に何度も触れられ、口づけられる。

いやらしく舐める音が耳に届くと、先ほどのことをもう一度思い出して、勝手に身体も熱くなる。

直さんはそれを知ってか知らずか、さらに性急に口づけ、私に触れた。

(ほんとに最後までするつもり⁉)

慌てる私に、直さんが無情に告げる。

「〝運命の赤い糸〟についてもう少し教えてくれたら止めてあげる。僕らの糸は最初どんな状態だったの？」

（そんなの答えられるわけ――）

「ぁんっ」

胸の先端が、親指と人差し指の腹でこよりを作るように責められる。緩んだり、強くなったりするけど、決して止まらない。

触れられる場所から全身が熱くなった。

「ほら。よもぎ教えて？」

脳みそが蕩けそうなほど熱くなって、そんな熱から逃れたいとハクハクと短く息を吐きながら必死に答えていた。

「い、糸には長さがあって、長ければ心の距離も長くて……」

「長さ、か。それで僕らの糸は最初どうだったの？」

「私たちの糸は百メートル以上、あっ、ありました！　んんっ……！」

彼は頷きながら、まだ指の腹で胸の先端をぐりぐりと苛め続けている。

（なんで答えたのにやめてくれないの？）

無情にも彼は質問を加える。

「ふたりの物理的な距離がそれ以上離れているときはどんなふうに見えるの？」

「あっ……、も、もっと離れると、んっ、途中は、透明でぇっ、ぅんっ、さわれもしないっ」

「へぇ、そうなんだ。で？　今、僕らの糸の長さはどれくらいなの？」

直さんの言葉に息を詰まらせ、口を閉じる。

(さすがにそれは言えるはずないじゃない！)

糸の存在を知られただけでも大変なのに、直さんと私の今の糸の長さを伝えるなんてできるはずがなかった。

かなり短くなってきているから余計だ。

彼の目に冷たい輝きが宿る。目を細めてさらに追い詰めるように口を開いた。

「よもぎ？　よもぎのお口が開かないなら、こっちにも触れるよ？」

スカートの中に手が入り込んで、するりと太ももを撫でる。指がショーツの上を走り、身体が恐怖で固まった。

「んくっ」

「あぁ、濡れてるね。嬉しいな」

彼は幸せそうなため息を漏らす。

頬がカッと熱くなって、大きな手を必死につかんで制止した。

「そこは、だめっ……。触らないで」

「じゃ、答えて。今、僕らの糸の長さはどれくらい？」

直さんはニコリと笑って問い詰めてくる。

指先はショーツの上をいったりきたりしていた。

ゆるゆると加えられる動きと刺激に涙が滲む。

そのとき、ふと『直先生、仕事もできるし、それになにより優しいじゃん』という亜依の言葉を思い出した。

（この人、笑ってるだけで、やることなすこと全然優しくなんてありませんけど。むしろ笑顔が怖いわっ）

「よもぎ、この期に及んで何を考えているの？　まさか廉のことじゃないよね？」

直さんの瞳がギラリと光って、その冷たさに恐怖する。

私の制止なんてものともせず、直さんは私の背中をベッドにつけると両脚を持ち上げる。

そうされるとスカートが捲れ、脚が太ももまで晒される。ふくらはぎから晒された太ももへきついキスを落とし始めた。

唇が先ほど触れられたショーツに向かう。ショーツの上から濡れた場所に軽く口づけられる。

「やぁあぁあんっ」

「ほら、答えて。答えないなら下着も取ろうね？」

ショーツに手がかかった。

瞬間、ギュウッと目を瞑って叫んでいた。

「七メートルくらいですっ。さっきまた一メートルくらい短くなったからぁ」

気づいたら泣いていた。

直さんは涙が溢れた私の目を見て微笑む。そしてそれを舐めとった。

(この人は鬼だ……)

やっと終わったと思ったのに、直さんはなおも私の脚に指先を這わせながら、質問を続けた。

「その長さって、普通のカップルだったらどういう状況？」

「付き合ってて、結婚してる人もいるっ。言ったからもうやめてくださいっ」

彼はやっと手を止めてくれて微笑んだ。

ちゅ、と唇がまた重なる。

さっきまで意地悪されていた相手なのに、なぜかすんなり受け入れていた。

だって、直さんとするキスはやっぱり好き。

怖かった後だから余計に優しいキスにホッとしていたのかもしれない。

唇が離れたとき、追いかけるように自分からもう一度していた。

直さんの少し硬い指先がくすぐるように耳に触れる。大きな手のひらが頬を撫でると、安心してその手に頬をすり寄せた。

再度唇を合わされ、舌が唇の隙間から入ってくるとぴちゃぴちゃという音がする。

(どうしよう、頭、くらくらする……)

それはまるで媚薬《びやく》のように、心地よい感覚でもあった。

熱い舌は歯列をなぞり、私の舌を優しく吸う。

舌の動きに翻弄されるようにショーツがさらに濡れ、先ほどまで弄られていた胸の先が触れられてもいないのにじんじんとしてきた。

まるでもう一度触れられるのを待ち望んでいるようだった。

いつの間にこんなふうにいやらしくなってしまったんだろう。

これまで何年もそばにいてそんな対象に見てもいなかった人なのに、たった数日で、キスされるのも触れられるのも受け入れはじめている。

直さんが唇を離すと、ふたりの唇を銀糸が繋いだ。

ぼんやり彼を見つめる。

彼は自分の濡れた唇を妖艶に舐めとる。それから私の耳元に唇を寄せた。

「よもぎ、僕も好きだ。愛してる」

低い声で名前を呼ばれ、好きだと言われて、胸の奥が強い力で摑まれる。

「わ、私は好きじゃありませんっ」

「またまた」

「直さんは自己肯定感が高すぎます」

「僕がよもぎを好きすぎて小さな変化でも全部気づいてるだけだと思うよ。よもぎが糸の変化で確認するより早くわかる自信もあるもん」

（それはどういう意味ですか！）

そうは思うのに、この目の前の人は信じられないような話を信じて、それでもまだ好きだと言ってくれている。

その事実が、なんだか泣きたいほど嬉しく感じてしまう。

私は今、相当混乱しているらしい。

（それとも直さん、催眠術でも使えるの？　私、催眠術にかかってる？）

なんてありえない想像までしてしまう。

彼はまた何度かキスをしたあと、額を合わせて嬉しげにニコリと笑った。

「さっきから胸の先が触ってほしそうに主張してるのに気づいてる？」

「へ……あっ！」

服も乱れて、ブラもずらされて、まだ胸が半分見えている状態だったと気づく。

慌ててトップスを下にさげて胸を隠そうとしたけど、その手を摑まれた。

直さんは視線をまじまじと胸に移す。

「よもぎは胸まで素直でかわいいんだよねぇ」

「ひゃっ……」

ふう、と胸に息がかかると身体がピクリと跳ねる。

だめだ、また胸の先がじんじんしてきた。

期待なんてしているはずはない。なのに考えれば考えるほど、彼が胸に触れる感触を思いだしてしまう。

そんな私を知ってか知らずか、直さんは微笑んだ。

「付き合ってて結婚している人までいる長さになってるなんて嬉しいこと聞いたし、ご褒美にもう一回気持ちよくなっておこうか」

「そ、それちがっ、やだぁっ」

(それはご褒美でもなんでもないです!)

そう思ったのに、直さんは有無を言わさず胸の先をあたたかい口の中で包む。

「ふぁっ……」

ぴちゃぴちゃと舌先で弄ばれ、吸われて転がされる。

さっきはわからなかったのに、これが〝気持ちいい〟というものなんだと直感でわかる。

自分の知ってるどれとも違う気持ちよさは、頭をくらくらとさせて、少し不安になった。

「んっ、あぁっ」

「あぁ、よもぎの気持ちよさそうな顔、もっと見たい」

やっと唇を離してくれたかと思うと、大きな手で両脇から乳房をすくいあげる。

直さんの手の中で自分のささやかな胸が、唾液で濡れて光って震えている。

見えた瞬間、またショーツが湿った感触がした。

「直さんっ」

「ん?」

「も、わかったから……」

「僕に触れられると気持ちいいってことがわかった？」

恥ずかしかったけど、ブンブンと首を縦に振った。

直さんはふふ、と愉しそうな笑い声をあげる。

「夢みたいだな」

こっちこそ夢だと思いたいくらいだ。

なのに、彼はやめてくれるどころか、次は舌で胸を弄りながら、もう片方の胸をまた指の腹で撫で始める。

「あぁんっ！」

「よもぎの声聞いてるだけでやばいな」

なにがやばいのかわからないけど、私の状況の方が間違いなくやばい。

責める手も、舌の動きも激しくなってくる。ショーツが濡れた感触がさらに広がってきた。

ふいに直さんを見上げる。彼の瞳は熱くギラギラとした獰猛《どうもう》な男性の目になっていた。

濡れた場所にまた指先が触れる。

「あんっ、ぁっ！」

「かわいい。好きだよ、よもぎ」

濡れた音をさせながら指先がショーツの上から割れ目をなぞる。

「はぁ、あんっ、やっ、あっ……」

さっきから声を止めようとしても止まらない。

くちくちという粘着質な音が自分から出ているなんて信じられなかった。

「な、直さん、怖いからぁ」

手が宙をきり、そのまま直さんの背中に縋《すが》る。そうすると急に怖さが和らいだ。

「怖いから、キス、しててっ」

ぎゅう、と背中を掴んだ瞬間、唇がふさがれる。

舌を絡め合いながら、もっと気持ちよくなれというように触れられ続ける。

くらくらして、どこかに行ってしまいそうな怖いくらいの気持ちよさ。

そんな気持ちよさを全身に植えつけるまで、直さんは何度も何度も私に触れ続けた。


次に目が覚めたときには、夜と朝の間だった。

ベッドの中、直さんに腕枕されている状況にギョッとする。

彼の声が耳元で聞こえた。

「気づいた？　まさか気持ちよすぎて途中で気を失うとは思わなかった」

「夢……？」

ハクハクとした短い息の中で色々暴露してしまった気がする。

さらにあんな恥ずかしいことまでされて……。

そう思ったけど、直さんはクスクス笑いながら「夢なわけないでしょ」と私の髪を撫でた。

「よもぎは嫌だったかもしれないけど、僕はよもぎと〝運命の赤い糸〟で繋がってるなんて嬉しかったんだ。しかもそんなに短くなってるなんて。嬉しくてつい突っ走っちゃった」

私と赤い糸が繋がっているのが本当に嬉しいというような声と目を見て、言葉に詰まる。

絆されてしまいそうで嫌だ。

どうしていいのかわからず彼を睨んだのに、彼は、ふふ、と笑いながら私の唇に遠慮なく口付ける。

優しいキスで全部許してしまいたくなるところが狡《ずる》い。

(もしかして全部直さんの思い通りになってる?)

それでもあんなふうに無理矢理に触れられたのは、恥ずかしかったし許せない。

どうにか反撃したいけど方法が思いつかない。だって間違いなく口では勝てないから。

それがわかっているかのように彼は身体に腕を回してくる。そのあたりで私の堪忍袋の緒が切れた。

「約束破って、嫌だって言うのに触ったりキスしたり。この変態。嘘つき!」

ベッドで向かい合う彼を足で蹴り上げる。

「ぐっ……!」

「ひゃっ！」

（やだ。今、なんか、グニッていった！）

泣きそうになって直さんを見ると、彼のほうがつらそうな顔でそこにいる。

「よもぎ……。そこは痛い！　わかるでしょ」

「自業自得です」

どこを蹴ってしまったのかはお互いに言えない。

あんなに痛いものなんだ。悪かったかな、とつい反省してしまい首を横に振る。

「私は悪くない。もう直さんのことなんて知りません！」

心底怒っているのに、直さんはまだ痛そうにしながらも、愛おしそうに目を細めて私の髪を撫でる。

そしてやっぱり謝罪の気持ちが籠っていない声で「ごめんね」と謝った。


その日、ほぼ強制的にふたりで朝まで同じベッドで寝ることになった。

怒っていたはずなのに彼の腕の中は居心地がいいと感じてしまう。

早朝になり、直さんがベッドから出て支度をしていた。

彼は出勤する前に寝室に戻ってきて「いってくるね、よもぎ」と額に口付ける。

（また勝手にキスして……）

そうは思うが、もう額へのキス程度で文句を言うのも面倒なので、寝たふりを決め込んでいたら、さらに調子に乗った直さんが唇にキスをする。

キスをするのは好きだと思ったが、勝手にされているのはどうにも納得できない。

それでもなんとか寝たふりを続ける私の口の中に舌を滑り込ませてきた。

（さすがにそれはちょっとやりすぎですよね！）

怒って目を開け、彼を突き放す。

「な、何考えてるんですか。朝っぱらから！」

「おはよう、よもぎ。朝じゃないならいいんだ。いいこと聞いた」

「朝も昼も夜もダメ！」

私が睨んでも直さんは愉しそうに笑っていた。

それから甘く蕩けるような瞳を向けられる。それに妙にドキリとして彼の目が見てられなくなり、視線をそらした。

〝運命の赤い糸〟の話をしてから、そして、あんなふうに触れられたのもあるのか、私は彼の顔を直視できなくなっていたのだ。

（だって、あんなに話したのも触れられたのも初めてだったし）

最後は結局彼の背に縋って、キスまでせがんでしまった。

「よもぎ？」

「な、なんですか？」

視線をそらしたまま聞くと、彼はクスリと笑い声を漏らし、私の頭を撫でる。

「今日から当分、今までより帰りが遅くなるからね。いい子だから先に寝てるんだよ。わかった？」

「大丈夫です。自分の部屋で鍵を掛けてぐっすり眠っておきますから」

「うん」

つい不機嫌なまま返事したのに、彼は変わらず甘い瞳で私を見ているだけ。

そんな目をされると落ち着かなくなるから、即刻やめていただきたい。

「も、もももう、とにかく早く行ってください」

「じゃ、あらためていってきます」

彼は当たり前みたいにもう一度キスを落として部屋を出ていった。

（なんなのよ一体……）

「ものすごく機嫌よかったじゃん」

昨日の怒っているときの目とも、夜の間のギラギラした目とも全然違って……。

直さんの甘く蕩けそうな瞳を思い出すと、なんだか落ち着かなくてブランケットに顔を埋めた。

すると彼の匂いがしたのでさらに落ち着かなくなって、結局、すぐにベッドから抜け出した。

夜、月初だったので仕事が長引いて九時ごろマンションに戻った。

帰り道、なんとなく外科の前を通ってみたけど、直さんの姿を確認できなかった。

(直さんはまだ帰ってないだろうなぁ。当分遅くなるって言ってたもんね)

そんなことを思って、ふと固まる。

(いやいやいやいや！　そもそも何で直さんに会おうとしてるわけ？)

昨日だって散々な目に遭ったはずだ。

なのに、思い出すのは夜の間の彼の目や、熱くてかたい指先、舌の感触。好きだと囁く低い声。

慌てて頭を横に振って部屋まで戻ったとき、部屋の前に廉が立っていると気づいた。

廉は私の顔を見るなり、ぶっきらぼうに言う。

「ちょっと顔貸せ」

「……あ、うん」

昨日直さんが廉の部屋に私を引き取りに行って、そこで一緒に住んでることをばらしてしまったと聞いていたからある意味で覚悟はできていた。

(きっと直さんの話だよね。ちゃんと話さないと……)

廉についていき、私たちはマンション近くにある深夜まで営業しているカフェに入った。

窓際のテーブル席に着くなりコーヒーを注文し、店員さんが立ち去ると私はすぐに頭を下げる。

「昨日は迷惑かけてごめんなさいっ」

「それは別にいいけど」

廉は私の方をまっすぐ見る。

覚悟を決めたような黒目がちな瞳。不安で胸が鳴った。

「直としたんだ？」

はっきり問われて、言葉に詰まる。

昨日もまた色々されて、最後までしているわけではないが『本当に何もない』なんて言えない状況なのは確かだ。

（しかも昨日は最後の方で、意識もうろうとしながら直さんに縋ってキスまでせがんでたし）

黙り込んだ私を見て、廉が息を吐いて続けた。

「付き合ってないなんて嘘だろ。直はそういうことを付き合ってないやつとはしない。まして、すぐなんて」

「ごめんなさい」

「なんで謝るんだ？　別に俺はお前の彼氏でもなんでもないんだろ」

「でも……ごめん」

私は廉の気持ちも知っていたし、自分の気持ちだって廉に伝えようとした。

言葉にできなかっただけで、私の気持ちを廉もわかってくれていた。

固まった私に、廉は自嘲気味に笑って口を開く。

「頼むから謝るなよ」

そのとき、コーヒーが運ばれてきた。ふたりの間にコーヒーのほろ苦い香りがたちこめる。

匂いのおかげで少し落ち着く。廉も同じだったようで息を吸ってゆっくり吐き、まっすぐ私の目を捉えた。

「なぁ、一つだけ聞きたいんだけどさ。俺をどうとも思ってなかった？　全部、俺の勘違いだった？　違うよな？」

息がぎゅっと詰まる。廉の言う通り、勘違いなんかじゃない。

（私たちは、きっと、ずっと両想いだったんだよ）

でも私は弱くて、〝運命の赤い糸〟が見えてしまったことで『赤い糸なんて知るか！　私はそれでも廉が好きなんだから！』っていうところまで踏み込めなかった。

赤い糸が繋がっていないことや、タイミングが合わないことを何度も言い訳にして、廉のまっすぐな気持ちから逃げたのは私だ。

ずっと廉が好きだと思っていたのに、結局一歩も踏み出す勇気が持てなかった。

唇をぎゅうと強くかむ。

これだけは、ちゃんと逃げずに伝えようと思った。

「好き、だった」

「…………」

「私、廉が好きだった」

この気持ちを伝えるときは、きっと少女漫画の主人公のように、胸が緊張でドキドキ高鳴って、頬が熱くて、目なんて見てられなくて、声は震えているんだろうと思っていた。

でも不思議と、声はまっすぐ通って、廉をじっと見つめて伝えられていた。

廉は下を向いて苦笑すると、「ありがとう。嘘でも嬉しい」と言う。

彼の言葉に慌てて首を横に振った。

「嘘じゃないから」

嘘だと思ってほしくなかった。

自分でも覚えていないくらい小さな頃から、廉だけが好きだったのだから。

私のこれまでの人生の中心は全部廉だった。

赤い糸が見えて辛かったのも廉を好きだったからだ。

廉は、わかってるよ、と苦笑して続ける。

「でも……どのみちさ、もう過去形なんだろ？」

「え？」

「さっきから、好き『だった』って言ってる。俺を一番に好きなわけじゃないんだろ？」

見透かしたような廉の言葉に、自分の持ち始めている気持ちにはじめて気づいた。

廉のことは今でも好きだ。

しかし今も、昔と同じように廉が好きかと聞かれれば、少し違ってきている。

廉が好きなのは変わらないのに、好きとか嫌いとかそういう話のとき、一番に顔が浮かぶ人が変わってる。

その人の優しい目を思いだして、胸が締め付けられる。

ずっと見ないふりをしていた気持ちが目の前に突き付けられる。

なんで今、こんな気持ちに気づいてしまったんだろう。

しかもそれを廉から気づかされるなんて、私はどこまで最低なんだろう。

廉は困った表情で肩をすくめる。

それがすごく彼に似ていると思ってしまった。兄弟なんだから当たり前だ。

わかっていたように廉が微笑んだ。

「でもな、俺がよもぎを好きな気持ち、すぐに諦められるわけじゃないから。気持ちの整理がつくまで好きでいさせろよ。って言っても、旅行は取り消し。代わりに――」

ぐい、と手がひかれる。テーブルを挟んで身体ごと引き寄せられた。

次の瞬間、額に口づけられた。

「なっ……！」

慌てて額を隠す。

(なんでキス？　おでこだけど)

頬が一気に熱くなるのがわかる。額を隠した手から伝わる体温まで熱い。

「そんなに赤くなるなよ。また勘違いするから。寝てるときにしただけだと、後味悪いからな」

「寝てるときって」

「お前を好きな男の前で、無防備に酔っぱらって寝てるよもぎが悪い」

昨日、廉の部屋で寝てしまったときか。

「返す言葉もありません……」

うなだれた私を見て廉は声を上げて笑った。

「直と仲良くしろよ、なんて言わないからな。本音では今すぐにでも破局しろって願ってる」

「なにそれ」

ついムッとして返した私に、廉はまた声を上げて笑う。

廉の明るい笑い声を聞いていると、なんだか私までおかしくなって笑い出した。

いつの間にか、ふたりの笑いが止まらなくなってくる。

「ちょ、廉！　もうやめてよ。つられるからっ」

「いや、そっちがやめろって」

笑いながら小競り合いを始めていた。

昔からケンカして、仲直りして、泣くのも笑うのも一番近くにいたのが廉だった。

廉が私より先に私の気持ちがわかっていたのも、当然なのかもしれない。

ふたりしてゲラゲラ笑っていたとき、テーブルの横にあるガラスの窓が叩かれる。

揃《そろ》ってそちらに視線が向く。窓の外、亜依が呆れたように立っていた。

「相変わらず仲良いわねー」

亜依の言葉に、またふたりで顔を見合わせてさらに笑った。

それからは亜依も加わって、深夜のカフェに同級生三人。

私たちはこれまでのこととか、仕事のこととか、他愛もない話をしていた。

それがすごく楽しくて、なんだかずっと笑っていた気がする。

「高校時代に戻ったみたいだね」

私が言うとふたりが頷く。

亜依が、「ねぇねぇ、高校時代に戻りたいと思う？」と聞いてきた。

思わず廉のほうを見た。廉も私を見て、目が合うと苦笑する。

あの頃に戻れたら、私は廉に告白するのだろうか？　廉の告白を素直に受けてた？

きっと答えは『否』だ。

戻ってもなにも変わらないだろう。

どんなタイミングだって、誰がいたって、いなくたって、私は直前で日和ってしまって廉に告白なんてできないし、告白も受けてない。きっと関係も変わっていない。

それでよかった。

糸が見えることでずっと苦しかったはずなのに、私は廉を好きになった事実をちっとも後悔なんてしてないから。

私が首を横に振るなり、亜依も「私も。今が楽しいわ」と笑う。

しかし廉はぼやくように、

「俺はちょっと戻りたいなぁ。今、仕事もプライベートもきついし。疲れて帰ってきたら、酔い潰れた幼馴染押し付けられるし」

はぁ、とわざとらしくため息をついて見せる。

(的確に人の痛いところをついてくる)

私はすぐにテーブルに両手と額をつけた。

「本当に昨日はご迷惑をおかけしました」

「ハハ、ほんとだよ。そこはもっと謝れ」

廉が笑って言う。

当分は昨日の出来事をつつかれるだろうなぁと苦笑しながら、コーヒーを一口飲む。

そこで亜依が思い出したように口を開いた。

「そういえば今日聞いたんだけど、直先生って寮のマンションの最上階に住んでるらしいね!」

「ぶぅっ……!」

突然、直さんの話が出てきて吹き出しそうになる。というかむしろちょっと吹き出した。

それを見て、廉が苦笑しながらハンカチを渡してくれる。

(そうだ。亜依が直さんを好きだって話はまだ何も解決していなかった!)

ハンカチで口元を拭きながら青くなっている私を知ってか知らずか、廉が意地悪く言う。

「直の部屋は広いぞ。な、よもぎ？」

「い、いや、あ、ええっと……うん」

「へぇ、そうなんだ。今度みんなで行ってみようよ」

「いや、そ、それはどうかなぁ！　迷惑じゃない？」

亜依が悪気なく行ってみようと言いだして慌てて否定する。

（そんなの、絶対面倒なことになるのだけはわかる）

廉が意地悪にニヤニヤしながら私に聞いてきた。

「直は迷惑がらないだろ。なんでだめなんだよ？」

「廉はもう黙ってて」

廉の口をふさごうとした私の手を廉が摑んで、また意地悪に微笑んだ。

それを見た亜依が、「またじゃれてる」と苦笑していた。

それから廉がやっと私の手を離してくれる。

「まぁ、部屋はさておき、もうすぐ親睦会があるだろ」

「『親睦会？』」

私と亜依が首を傾げる。廉が頷いて続けた。

「あぁ。診療もあるから全員一緒ってわけにはいかないけど、各診療科を三つのチームに分けて、科を横断して合同バーベキューをするんだ。昔から年一回はずっとやってるけど、自由参加のわりに結構参加人数が多いんだぜ」

「直先生は？」

「この日だけは直も絶対参加してるな」

「私、直先生と一緒のチームだといいなぁ。とりあえず希望は出してみよう」

亜依がはっきりと言う。

私は言葉に詰まり、いつの間にか手をぎゅうと強く握りしめていた。

亜依と私を交互に見ていた廉が口を開く。

「あのさ、亜依。外科でもわかりやすい態度だからそうかもって思ってたけど、お前、もしかして直が好きなの？」

はっきり聞いた廉に、亜依はニコリと笑って頷いた。

「うん、好きよ？　直先生ともっと仲良くなりたい。それで、あわよくば付き合いたいと思ってる」

昨夜もそうだったけど、好き、というはっきりした言葉に固まってしまう。

誰が好きだとか、付き合いたいとか、私は自分から言えたためしがなかったから余計なのかもしれない。

そして同時に亜依の素直さがうらやましくも思った。

廉は「ふうん」と言って、私を見てニヤッと笑う。

「なによ？」

「別に。ただ、まだすぐに諦める必要もないのかなって思っただけ」

廉は私に告げると、あろうことか「頑張れよ、応援してる」と亜依の背中を押したのだった。


それから二週間後の土曜日。

私は親睦会のバーベキューのために、病院からバスで三十分ほどの広い公園にいた。

ここはバーベキュー場や炊事場も併設され、申請すればバーベキューだけでなく花火も可能な場所で、病院関係者のイベントはここで行われることが多いらしい。

「事務も一緒だったんだ」

てっきり事務は関係ないものと思い込んでいたけど、どうやら去年から事務もそれぞれの科に振り分けられて一緒に参加するようになったようだ。

ならさくらと伸と同じだと良かったのだが、今回は違った。

「なんでこのメンバーなのよぉ」

会場についてメンバー表を見るなり、思わず情けない声が出る。

私のいる班には、廉と亜依、さらに直さんまでもがいたのだ。

(なんてチームわけなの。チームわけをした奴、いますぐ出てこい!)

どう考えても落ち着けるメンバーではない。

忙しくて家でもあまり顔を合わせることのない直さんをちらりと見る。

いつも見かけるときは、スクラブか白衣、もしくは出勤時のスーツだけど、今日はTシャツにハーフパンツとかなりラフな格好だ。

手早くバーベキューコンロで肉や野菜を焼いていく姿に視線を奪われた。

顔が熱いのは、気温とバーベキューの熱だけではないのかもしれない。

ただ、そんなふうに思っているのは私だけではないようで、亜依を筆頭に他の看護師や事務員、医師までもが、彼の周りに吸い寄せられるように集まっていた。

(久しぶりでも全然近づけない)

近づいたところで、あの夜から顔を合わせていなかったので、何を話していいのかわからないのだけど。

悶々としている私に直さんから近づいてきてくれて、お肉の載ったお皿を渡してくれた。

「よもぎ、はい。たくさん食べてね」

「ありがとうございます」

お皿を受け取り、直さんを見あげる。

今更だけど彼は恐ろしく整った顔立ちをしていると思ってしまう。

(私、いつもこの人に好きだとか愛してるとか言われてるの？　それにキスされたり、触れられたりも……)

一瞬目が合うなり、あの夜の出来事を思い出してそらしてしまう。

恥ずかしかったのもあったけど、〝運命の赤い糸〟が本当に見えるなんて話を聞いて、直さんはどう思っているのだろうかというのも気になっていた。

それに、直さんへの自分の気持ちに気づいてしまって、余計に視線を合わせづらかった。

ドキドキとなり始めた心臓の音に気づかないふりをしてお肉を一口頬張る。

嬉しそうに微笑んだ彼が先に口を開いた。

「一緒に暮らしているのに、こうしてゆっくり話せるのは久しぶりだね」

「そうですね」

やっぱり近くにいるだけで胸がドキドキして落ち着かない。

（あぁ、なんで直さんをこんなに男の人として意識してしまっているんだろう）

まったく意識してなかった過去の自分を引っ張り出してきたいけど、もうそんな自分はどこかへ行ってしまっている。しかもどうやっても戻って来そうもない。

緊張に固まっている私の横から、亜依が手を挙げた。

「直先生。こっちで一緒に焼いてくださいよぉ」

「うん、わかった。……ごめん、よもぎ。ちょっといってくるね」

直さんが私に申し訳なさそうに告げて、歩き出す。

私は彼の後ろ姿をずっと見つめていた。そのとき――。

「『私のものなのに』とか思ってる？」

隣に廉が来て、私にビール缶を渡して微笑む。

「まさかっ」

「でも、わが兄貴ながら、モテるよなぁ。ホント……」

廉の視線の先を見る。バーベキューコンロの近くで、直さんを囲んで先ほどよりも多くなった女性陣がキャッキャッと楽しげに話していた。

「うかうかしてたらすぐにでも取られるからな」

廉が意地悪く言うのでムッとして口を開く。

「廉も人気あるんだからあの輪に入ってきなよ。すぐに彼女ができるよ」

「そんなの好きな奴にモテなきゃ意味ないだろ。だから俺はここがいいんだ」

「ぐっ……」

あっさり意地悪を打ち返されて、言葉に詰まった。

普段ならすぐに言い返せるのに、告白されてからそういうことを言われると言葉に詰まってしまう。

泣きそうな私に、廉が苦笑した。

「勝手に俺が好きで告白しただけだから気にするなよ。俺だって振られるのは覚悟してたし。お前の気持ちなんてお前以上にわかってる。だから気にせずこれまで通りでいろ」

「……うん」

小さく頷く。

これはただの甘えなのかもしれない。でももう少し甘えたままでいさせてほしかった。

廉は「よし！」と言って私の頭をぐりぐり撫でる。私に気を遣わせないようにする廉の優しさだ。

（ずっと好きだった人が廉で良かった……）

しかし次の瞬間、その廉の手が私の頭上でぴたりと止まる。

「おい、よもぎ」

「へ？」

「肩に虫がついてるからちょっと動くな」

一瞬固まり青ざめた。虫関係は昔から大の苦手だ。

特に足が多いのと、全くないやつ。どちらかではないか気になるけど、怖くて聞けない。

「お、お願い、取ってぇ！」

「動くなって」

「やだぁっ……！」

廉は暴れる私の右腕を摑んで固定する。ひょい、と右肩についた虫をとってくれた。

怖くて顔をずっと背けたままでいる私に、廉は安心させるように優しく声をかけてくれた。

「もう取って逃がした。大丈夫、お前の苦手なタイプのやつじゃないよ」

「う、うん、廉、ありがとぉおお」

「虫ごときで泣くなよ。ほんと昔から虫がダメだよな」

「だって……だめなものはだめなんだもん」

廉は困ったように笑いながら私の涙を指先で拭ってくれた。

バーベキューも終盤に差し掛かったころ、「よもぎ、洗い物手伝ってくれる？」と笑顔の直さんに声をかけられ、炊事場で洗い物を手伝うことになった。

考えてみれば、今日一日彼の隣にはいつも誰かがいて、久しぶりに顔を合わせたのにお肉をもらったとき以来、全然話せていない。

ただ、ふたりきりになっても緊張もするし、何を話せばいいのか全くわからないが。

そんなわけで、私は洗い物に徹すると決め、蛇口をひねる。

「直さん、洗剤くださ……っ」

手を伸ばしたとき、蛇口の栓を彼が閉じた。

右腕を掴まれて引き寄せられ、唇をキスでふさがれる。

「んんっ……！」

（なんで突然キスなんて。ここは外ですっ）

慌てて直さんを押すが、彼はやめてくれない。

炊事場はバーベキュー場から少し離れているとはいえ外だし、いつ病院の関係者に見られるかもわからない場所。

彼とキスするだけでも慣れないのに、こんな場所でされるキスは非常に心臓に悪い。

そもそもこれまでの彼はこんなにあからさまな行為を外でしたことはなかった。

「直さん？　……んくっ！」

なんだか様子がおかしく思って見上げるなり、またキスをされる。

それからさらに唇は首筋に落ちる。トップスの右肩をずらされ、肩にまで口付けられた。

先ほどよりも力を込めて彼を押して、精一杯の小声で叫ぶ。

「な、何してるんですか！　み、見つかったらどうするんですかっ」

「見つかって困るのはよもぎだけでしょ」

「何言って――」

直さんが動きを止めて私の目を捉えた。責めるような視線だ。

「僕はいつだって、全員に公表していいと思ってる。僕はよもぎが好きだってことも。僕以外には触れられるのも嫌だってことも」

独占欲を隠しもしないストレートな言葉。

考えてみたら、キスをされた右肩はさっき廉に触れられた場所だ。

(嫉妬したってこと？)

彼は私の髪にもキスをする。さらに胸が痛くなるほど鳴る。

(なんでこんなにドキドキするんだろう)

まっすぐな言葉のせいか、それとも、私だけを見つめている瞳のせいか。

どちらにしても嬉しいと思っている自分がいた。

「よもぎ、ごめん。愛おしくて好きすぎて離してあげられない」

彼の心からの言葉に、息が詰まるほど苦しくて、でも幸せな気持ちが溢れる。

(やっぱり私、直さんが好きなんだ)

ただ、自分の気持ちに気づいたとはいえ、手放しに喜んで『では、直さんと付き合いましょう』と受け入れられない。

誰かを好きだって思ったとき、そしてそれが自分の赤い糸が繋がっている相手だったとき、簡単に付き合えない事情だってある。

意を決して口を開いた。

「直さんは……こんな変な力を持っている人間のどこが好きなんですか?」

力はもう知られているので、その点は諦めて聞いてみることにした。

彼はきょとんとしたあと口を開く。

「どこって……。そういうよもぎだから好きになったっていうのは理由にならない?」

「どういう意味ですか……?」

直さんを見あげると、彼は私の頭をポンポンと叩いた。

「よもぎにとっては、その力はマイナスなんだろうね」

「そんなの当たり前じゃないですか。だって、このせいで誰かを好きになっても行動に制限がつく」

「おかげで、よもぎは廉に告白することも、告白を受けることもできなかった」

直さんははっきり言い、言葉に詰まった私を見て笑って続ける。

「おかげで僕はよもぎの最初から全部もらえるし」

（勝手に最初から全部をもらおうとしないでっ）

変な想像までしてしまって、首元から熱さがこみ上げる。

「な、何言いだしたんですか」

「だって本当だし」

「絶対あげませんよ⁉」

叫ぶ私を、直さんは強く抱きしめる。

そんなふうにされれば、胸が限界まで早鐘を打った。

そして、さらに直さんは低い声で、耳元で囁く。

「もう覚悟したら？　僕のものになる覚悟」

とんでもない発言にさらに心臓が跳ねる。頬がありえないほど熱くなる。

「そ、そそそそんな覚悟、一生しません！」

「でも、廉の告白、ちゃんと断ったんでしょ？」

「なんでそれを⁉」

（廉が伝えたの？）

彼は先ほどまで私と廉がいた場所を指さす。

「話してたでしょ。さっきあっちで」

「あの距離で聞こえてたんですか？　見ただけでも十メートル以上ありますけど。どんな耳してるんですか」

直さんはニコリと白い歯を見せ、予想外なことを口にする。

「読唇術だよ。唇の動きで何を言ってるかわかるの」

「えぇっ」

(読唇術って。治療や手術だけじゃなくてそんなことまでできるの⁉　初耳ですっ)

混乱する私に彼は笑って加えた。

「ふふ、よもぎに〝運命の赤い糸〟の話をちゃんと聞いてから、今日までの間に身につけたんだ。これだって〝特別な力〟だよ。だってよもぎにはできないでしょ?」

「なんでそんなこと。っていうか最近身に着けたんですか⁉　ただでさえ、忙しくて寝る時間もないっていうのにっ」

直さんは私の髪を優しく撫でた。

「話を聞いてわかったけど、よもぎは赤い糸が見える〝特別な力〟があることが嫌そうだったからさ。さっきもその力は『マイナスだ』って言ってたでしょ」

「そんなの当たり前じゃないですか!」

私にとってはマイナス以外の何物でもなかったし、きっとこれからも変わらない。

この力のせいで、普通の女の子ならしなくてもいい苦労ばかりする。

好きだと気づいた直さんとの関係だって、この力のせいで踏み出せない。

「確かに、読まなくていいもの読んじゃったり、知らなくていいことも知っちゃったりするよね。できるとなるとだめだと思ってもつい見ちゃう。それは僕も一緒」

「一緒……？」

「うん。そうだよ」

直さんは力強く頷いて続けた。

「僕はね、よもぎが僕といるときに、少しでも〝特別な力〟にネガティブにならないで済むようにこれを身に着けたんだ。『〝特別な力〟を持った人間は他にもいる。よもぎの隣にもね』ってわかってもらって、安心してほしかったからさ」

彼は本当にあっさり、当たり前みたいに告げた。

（なんで直さんはこんな変な力にも真摯に向き合ってくれるんだろう）

嬉しくて口角が上がりそうになる。だけど、素直に嬉しいと伝えられなくて下を向いて、足先を見つめる。

「なんていうか、器用ですね」

「ありがとう」

「別に褒めてませんけど」

私がかわいげもなく返したのに、彼は愉しげに笑っていた。

それから直さんは、私の頭を撫で、まっすぐ私を見て続ける。

「僕はね、よもぎがまだはっきりと気持ちが固まっていなくても、簾を断ってくれたことが嬉しいよ」

「あれはただ、私に廉と付き合う勇気がなかっただけです」

「僕はそれでも嬉しかったし、結構自惚れた。赤い糸の件も含めて、よもぎが僕の方を向いてくれてるんじゃないかって思ったんだ」

視線が絡む。不思議と暗い色をしていた気持ちが塗り替えられていく気がした。

(直さんは全部わかって言っているんだろうか?)

こういうタイミングで伝えてくるところが狡いと思う。

誰にも理解してもらえないだろうと諦めて、さらけ出す気なんてなかった自分の気持ちを素直に伝えても、彼はわかってくれるんじゃないか。

そんなふうに思わされる。

気づいたらおずおずと口を開いていた。

「私は付き合っても、結婚しても〝運命の赤い糸〟が見えることで絶対幸せにはなれないと思ってます」

「どうしてそう思うの?」

直さんが首を傾げる。

大人になって、〝運命の赤い糸〟が見える意味を考える機会も増えた。そして、同じ力があった曾祖母についても考えていた。

夫とうまくいかなくなった曾祖母。きっとそれは——。

「同じように〝運命の赤い糸〟が見えたひいおばあちゃんだって、幸せな家庭じゃなかったんです。でも、私には理由がわかる気がする」

「理由って？」

「もし直さんが浮気したら。身体じゃなくても、気持ちでもね？　私以外に、『この人好きだなぁ』って思う人ができたら、それだけでも赤い糸の長さが伸びて、私は直さんの気持ちが自分から離れてるってすぐにわかるんですよ」

そんなことに気づいて、いちいち傷ついて、一緒にいるのがつらくなるはずだ。

私はこの力のせいで、たとえ糸が繋がっている相手が好きだと言ってくれてもうまくいかないのだと思う。両想いだと思っても、人の気持ちに絶対はない。

私が言うなり、直さんは不愉快そうに眉を寄せた。

「そう。よもぎは僕が信用できないんだ？」

「信用できないわけじゃないんです。でも、人の気持ちなんて変わるでしょ。私だって、あんなに廉が好きだった気持ち、こうやって直さんに向いて少しずつ変わってる……んんっ！」

私が言うなり、また口づけられた。

さらに後頭部を抑えられ、キスは続く。

「ふぁっ……んくっ！」

（なんで真剣な話をしてるときに突然またキスをするのぉおおお！）

突き飛ばそうとしても離してもらえない。離してあげないと言われているように感じた。

数分後、やっと解放される。彼は目の前で心底嬉しそうに微笑んでいた。

私はというと、キスの間、息をすることもできなかったので、唇が離れるなりぜぇぜぇと肩で息をしていた。

「な、なに？　何ですか！」

「そういうの聞かされると、僕がもっと自惚れちゃうのわかる？　嬉しくなって余計止まらなくなる」

「どこに自惚れる要素があるんですか……」

「『あんなに廉が好きだった気持ち、こうやって直さんに向いて少しずつ変わってる』なんて、僕にとっては告白されてるのと同じだよ」

そこでやっと自分の失言に気づく。

彼は甘く蕩けるような視線を私に向けた。

「僕はこのまま変わらない。この七年、僕はよもぎの想像以上に、おかしくなるくらいよもぎのことだけが好きだし、毎日もっと好きになってるから」

そんな真摯な告白に胸が高鳴らない女性がいたら会ってみたい。

きっとこれは直さんの本心だというのもわかる。

そうでなければそもそも〝運命の赤い糸〟はこんなに短くなっているはずはない。

「でも、私はこんな力もあって……それに他にも色々問題も……」

「『でも』ばっかりだね。だからこそさ、身体を重ねてみたらわかることがあると思うよ」

直さんは当たり前のように言い放った。

(突然、何言いだしたっ)

彼に触れられてからやけに鮮明に抱かれる想像がついてしまって困っているのに。

「か、身体を重ねるって、そんなの無理に決まってます」

「僕はね、よもぎのそういう頑なところは、最後までしてないからだと思う。肌を合わせたら感覚でわかることって、〝運命の赤い糸〟とか、言葉以上にあると思うから」

思わず眉を寄せる。

確かに最後までした経験のない私にはわからないことかもしれない。

直さんに触れられてから、私が彼の気持ちを信じ始められているのも事実だ。

(最後まですれば、もっとわかるようになるのかなぁ……)

そう思ってから固まる。

(っていうか、何なの？　このやけに説得力のある話術。さすが若くして副病院長。騙されてる気もするんだけど……)

「ま、しっかり検討しておいて。僕は夜勤明けでも連勤明けでも、いつでもよもぎを抱きたいって思ってるし、いつでも大歓迎だからね」

彼は悩む私の頭を軽く叩くと、自信に満ちた表情でニッコリと微笑んだ。

「って、そんなの決断できないわよ！　こっちは二十年以上片思いした男に告白すらロクにできなかった女なんだから。直さんのバカぁぁあああああ！」

私は部屋に戻るなり、彼の言葉を反芻《はんすう》して叫んでいた。

バーベキューのあと、一緒に帰るのもまずいので先にこっそり帰ってきていたのだ。

部屋の中をひとりでウロウロする。

落ち着こうと思うのだけど、先ほどから全く落ち着けない。

「いや、そもそもなんで直さんと最後までする前提なんだ。いっそ今すぐ糸を引きちぎって逃げ出したい」

呟いて思いつく。

「あ！　初心を忘れてた。そうだ。そうすればいいんだ！」

（すっかり忘れていたけど、いっそ糸を切ればいいんだ！　それで逃げて、もう私は誰とも恋愛しないままのんびりと人生を過ごせばいい）

元々糸を引きちぎるために、合コンに精を出していたんだもん。問題なんてどこにもないだろう。

ガッツポーズを決めた瞬間、耳元に低い声が聞こえた。

「何が『そうすればいいんだ！』なの？　どうしてすぐに逃げる方向に行くのかなぁ」

「ふぁっ……！」

嫌なほど聞き覚えのある彼の声に、私の身体は数センチ跳ねた。

振り返るとやっぱり直さんがいる。あからさまにため息をついて……。

「なんで。聞いてたんですか」

「さすがにこれは読唇術じゃなくても聞こえた」

私の前まで歩いてきた彼の手があがって、びくりと身体が震える。

ぎゅう、と目を瞑る私の頬を責めるように撫でた。

「人の言葉にいちいち本気で動揺してかわいいよね、まったく。廉がからかう気持ちがよくわかるよ」

直さんの手の温度が思った以上に冷たくて、彼を見上げる。

視線が絡むと冷たいまなざしを向けられた。慌てて口を開く。

「な、直さん。きょ、今日、仕事は？」

「さすがに少しでも飲んだ後は、ね。今日はちゃんと休みをとってるから」

「っていうか、そうなら、なんであんなところでキスなんてしたんですかっ。休みなら、うちでいつでもできるじゃないですか」

（さっきの外でキスされた緊張感を返せ！）

怒って言ったけど、すぐに自分の失言に気づき口を手で覆う。

彼はすでにわかっているかのように目を細めた。

「ふうん。うちならいつでもしていいんだ？」

「そ、そうじゃなくて」

自分の口を塞いでいた手を取られ、その手にキスをされる。

「ひゃっ……」

真剣な顔に、瞳に、心臓がおかしなほど脈打って、思わず視線をそらしてしまった。

なのに直さんはさらに追い詰めるように口を開く。

「ここなら誰も見てないから、たくさんキスさせて」

ふるふると首を横に振った。その間も、心臓はおかしなくらいドクドクと脈打っている。

(ここでたくさんキスされたら、心臓が一生分拍動して死んでしまう)

すでに息が苦しいくらいだ。

「ほ、ほんと、ご、ごめんなさい。もう勘弁してください。もういろいろとキャパオーバーなんですっ」

「だめ」

無情に彼が告げた瞬間、唇が重なった。


それから数分後――。

「本当に広いんですねぇ！」

部屋に入ってくるなりはしゃいでいるのは亜依だ。

亜依に続いて、廉まで入ってくる。

あれから一回キスされてすぐ、廉と亜依が直さんの部屋に突撃訪問してきたのだ。

「でもびっくりした。よもぎがいるなんて」

亜依が言って、直さんが「実はよもぎは——」と言いかけた言葉に慌ててかぶせる。

「実は私、ここで家事とかしてるの！　直さん独り身だからっ」

「……………」

急に黙り込んだ彼の視線が刺すように痛い。

顔を極限まで直さんから背けた。亜依は納得したように頷く。

「よもぎ、料理とか得意だもんね」

「うん、そうなの！　いくら昔から知ってるからって遠慮なくて困るよね」

何度もこくこくと頷いた私を見て、亜依は安心したように息を吐く。

一瞬ドキリとした。亜依は私と直さんの仲を疑ったのかもしれない。

それから亜依は直さんに近づいて微笑む。

「よければ私がしますよ？　私、家事も得意なんで」

「それは遠慮しておくよ」

「でも、一回くらい私の料理も食べてみてくださいよぉ」

直さんは苦笑して返事をしているが、亜依はなおも攻めている。

そんなふたりを横目で見ながらそそくさとキッチンに走った。

コーヒーを淹れている私の隣に廉が立つ。ついジトッと廉を睨んだ。

(何の連絡もなしに突然亜依と一緒にやってこなくても……)

廉が居心地悪そうにポリポリと頬を掻く。

「そんな目をするなよ。亜依がどうしても行きたいって言って仕方なかったんだ。今日なら間違いなくいるだろ?」

「ふうん。まぁ、あのままだと心臓がもたなかったから助かったけど……」

「あのままって?」

「いや、えっと、なんでもない」

次は廉にジトッと見られた。

その後、直さんと亜依に目を向けた廉が耳元に小声で言う。

「ところで、直、なんか怒ってない?」

私も直さんを見てみたが、彼はいつもどおりのお兄さんスマイルで亜依に接している気がする。というか、いつもより笑顔が多い気すらする。

なんとなくムッとしたのは気づかれないように口を開いた。

「そう?　若くてかわいい子に言い寄られて、喜んでるんじゃないのっ」

しかし結局言葉尻が怒ったように切れた。

(だって普通の男の人なら、亜依にあれだけ言い寄られたら嬉しいよね)

亜依と直さんは、はたから見れば美男美女でお似合いだ。

私には彼の表情が嬉しげに見えていたけど、廉は首を傾げていた。

「ま、直は押しに弱そうだし、実際押しには弱い。取られるのは時間の問題だよな」

「うっ……」

（私も思ったけど。そんなにはっきり言わなくても）

直さんが本当に亜依と付き合いだすことはあるのだろうか。

可能性はゼロじゃない。考えると胃がきゅっと痛んだ気がした。

廉が呆れたように私を見る。

「お前さ、今度ははっきり伝えてるの？」

「へ？　な、何が？」

「自分の気持ち、だ」

「………………」

思わず黙り込んでしまう。廉がニヤリと意地悪く笑った。

「そんなことだろうと思った」

「だ、だって、そんなの私にはハードルが高すぎるもん」

赤い糸の繋がった好きな人と結ばれるなんて絶対ありえないと思っていたから、何をするにしても、何を言うにしても、必要以上にドキドキしてしまう。

さらにずっと好きだった廉と赤い糸が繋がっていなかったせいで、本音を出さないようにしすぎていつのまにか出そうと思っても本音を出せなくなっていた。

このウジウジした思考に、そして普通の女性相手ならありえない面倒くささに、彼を巻き込む結果になる。

ただでさえ、次期病院長は直さんだと目されているのだ。

そんな重責を背負っている彼にさらに負担をかけるようなことを言えるはずがない。

彼を好きだと感じれば感じるほど言えなかった。

「伝えられないなら、やっぱりそれほど好きじゃないいんだよ」

はっきりした廉の声に私は涙目になった。

「ふたりとも、何、立ち話してるの？」

耳元で低い声が聞こえて、私と廉はふたりで飛び上がった。

「直！　音も立てずに移動してくるなよ！」

「わ、べ、べつに何もないから！」

慌てて返した私と廉に、直さんがニコリと笑う。それからコーヒーを出すのを手伝ってくれた。

四人でコーヒーを飲み、飲み終わるより前、直さんが口を開いた。

「ごめん。まだ、しなきゃいけないことがあるんだ。そろそろお開きにしてもいいかな？」

いつもよりゆっくりと優しい口調だ。

（あれ？　でもさっき休みって言ってたような……。家で仕事するのかな？）

首を傾げて考える。亜依も慌てて席を立った。

「あ、すみません。失礼しました。そろそろ行きますね。また明日、病院で」

「じゃ、私も一緒に」

残っては怪しまれそうなので、私も席を立とうとする。

しかし、ガシリと手首を摑まれてとどめられた。手首を摑んだのは直さんだ。

「よもぎはちょっと残ってくれるかなぁ？」

「えぇ……なんでですか」

「返事は？」

目と口元は笑っているのに、拒否を許さない声色。

摑まれた手首も一ミリも動かせない。

「……は、はい」

（あれ？　本当に何か怒ってる……？）


どこに帰るつもりでもなかったけれど、この場に残ったのはやっぱり失敗だったかもしれない。

廉にすがりついてでも一緒に部屋から出ておけばよかった。

静かな室内にふたり。私の背中には冷たい汗が流れていた。

だってさっきから直さん、何も言わないし。

（とにかく空気がとっても重い！）

「どういうこと？」

直さんがやっと口を開いたと思ったら、それだけぶっきらぼうに言い放った。

「どういうって……」

「佐久間さんが僕に興味を持ってくれてるのはよくわかるけど、そんな相手になんで僕とよもぎが何でもないふうに装うわけ？」

彼の瞳が刺すように私を見つめる。

（亜依の好意にも気づいていたんだ……）

途端、自分が悪いことをしたような気分になってくる。

視線をそらして指先を見つめた。

「そ、それは……」

「よもぎと暮らしてるし、よもぎを愛してるってすぐに言おうかと思ったよ」

「ちょっ、待って！　それは、暮らしてるっていうのは……じ、自分で言いますからっ」

私が慌てて言っても、直さんは不信げに私を見てきっぱりと返す。

「優柔不断なよもぎに任せておいたら、いつまでも言わないだろうから僕が言う」

「絶対だめッ」

勢いよく返してしまう。

（亜依は私の友達だし、私から言わないと）

直さんの言うことはもっともだけど、やっぱり自分の口から伝えたかった。

彼は一つため息をつく。

「とりあえずよもぎに任せるけど、一週間たっても言えないようなら僕から言うからね」

「一週間って短すぎません？」

「あのね、よもぎ。こういうのは先延ばしにしないほうがいいの。それに今回の件は僕だって傷ついた」

「……え？」

「よもぎは、僕と佐久間さんをくっつけようとしてるのかと思って傷ついた」

私をまっすぐ見て、辛そうな顔で、声で、告げられる。

（私の態度のせいで直さんを傷つけたんだ）

それに気づいた瞬間、胸がシクンと痛んだ。

「く、くっつけようとなんてしてないです」

「本当にない？」

訝《いぶか》しげに問われて少ししてから頷く。そんな私を見た直さんが苦笑した。

「糸が繋がっている相手の気持ちが離れたらすぐにわかるのが不安だって言ってたよね。でもそれは絶対に大丈夫、僕が保証する」

「保証って」

「僕を信じられない？」

「それは……」

「うーん……この手はあまり使いたくないんだけどなぁ。まぁ、よもぎは強情だし、今さらかな」

「はい？」

直さんは私の唇にそっと口づけて私の髪を撫でる。私の目をじっと見つめた。

「よもぎ、『いい子』だからもう少し素直になってよ。よもぎの素直な今の気持ちを僕は知りたいんだ」

（素直な気持ち……？）

――今度ははっきり伝えてるの？

――伝えられないなら、やっぱりそれほど好きじゃないいんだよ。

廉の言葉が頭をよぎる。

（違うの……）

私は、直さんが好き。ちゃんと好きになってるってわかった。

〝運命の赤い糸〟の話や、曾祖母のことまで打ち明けてしまって、これまでの自分を思えばありえない状態だ。

だからこれ以上、自分の知らない場所に踏み込むのが怖かった。

だけど彼の顔を見ているだけで、閉じ込めようとしていた気持ちが口からこぼれ落ちる。

「怖いんです」

「怖い？　なにが？」

優しく問われて、その声に私の口は勝手に動き出した。

「全部予想外すぎて怖いんです。糸のことだってどうせ受け入れられないだろうから話すつもりもなかったのに、無理矢理聞かれて、直さんはあっさり受け入れちゃうし」

「聞きたくて聞いたんだから、受け入れるなんて当然でしょ」

「直さんが当たり前だと思ってるのがよくわかるから怖いの！　そのせいで直さんを見るたびに苦しいくらいドキドキしはじめてる。直さんの全部が予想外すぎて、自分の気持ちも不安定だし、糸までこんなに急激に短くなってる。こんなの初めてなの！　これ以上進んだらどうなるのかわからなくて怖いんです。こんな状態でなにも言えるはずも、できるはずもないでしょうっ」

いつの間にか頭がボーッとなって叫んでいた。

それから、正気に戻って自分の頭をガシガシ搔いていた。

「わ、私は何を言ってるんでしょう……。やっぱり外に行って頭を冷やしてきますっ」

「待ってよ」

直さんに手を摑まれる。

恥ずかしくて泣きそうになりながら直さんを見上げると、彼は目を細めて私を見ていた。

「そんなこと思ってるなんて、それは予想以上だった。思った以上にくるね」

「どういう意味ですか？」

ふわりと頰を撫でられキスをされる。額をくっつけて彼は微笑む。

「僕はよもぎが好きだし、愛してる。いつだってキスしたいし、もちろんそれ以上もしたいよ」

突然、ひょいとお姫様抱っこをされる。

「さ、よもぎの気持ちもわかったし、先に進もうか」

（先って……。まさか、まさかっ）

直さんが歩きながら微笑んで私を見る。私の想像は当たってるよ、とでもいうように。

「ちょっ、し、仕事はどうするんですか⁉」

「仕事？」

「さっき『しなきゃいけないことがある』って言ってました」

「あぁ、それは、今日一日廉と仲良く話していたよもぎにオシオキしようかなぁって思っただけ」

「なにそれ。こわっ。怖すぎる……！」

「でもよもぎの気持ちが予想以上で嬉しかったからさ。オシオキじゃなくて、気持ちいいことに変えようね」

「どっちにしても怖い！」

（そんなのニッコリ笑って言う話じゃない！）

私が暴れても、直さんは愉しそうに笑っているだけで、下ろしてくれる気配はない。

泣きそうになって、むしろ泣きながら、彼に許しを乞う方向にシフトした。

「ごめんなさい！　無理。無理ですからっ。け、検討しておいてって言ったじゃないですか？　なんでこんなすぐ。今日じゃなくても……！」

（心の準備も身体の準備も何にもできてない。ダイエットもしてないし！）

気づいたらもう直さんの部屋。ベッドの上まで連れていかれて、そっと下ろされた。

彼が上からのしかかってギシッとベッドが軋《きし》む。頰にかかった私の髪を退かす。

「僕はね、こういうタイミングは逃したくないんだ」

目の前で言う彼は、この前見たのと同じ熱を孕《はら》んだギラギラした目をしていた。


「ふぁっ……、んっ……！」

さっきから身体が熱い。

ショーツ以外は全部脱がされているのに、全身が熱いのだ。

直さんのキスは、唇から、頰、耳、首筋に落ち、鎖骨、胸へと進んだ。

胸はすっかり彼の与える刺激に敏感になっていて、口づけられる場所から熱をもち、びくびくと身体が跳ねる。

そうなると彼は喜んでさらに追い詰めるように舌を這わせた。

「んっ……！　も、やっ……！」

「あぁ、かわいいな。前より感じてるね」

ぴちゃぴちゃと舐める音が室内に響く。

恥ずかしい音に耳をふさぎたいけど、気持ちよすぎる刺激が怖くて彼の頭の後ろに手を回してしまっていた。

ふいに前と同じようにショーツが濡れているのを感じる。

最初に服とともに取られそうになり死守したショーツだったが、それだけだというのもなんだか逆にいやらしくて嫌だ。

やっと唇が離れたと思ったら、指先でしつこいくらいに胸を弄られる。

「ふぁっ、あっ、あぁっ」

「よもぎ、いい子だね。声は我慢しないで」

耳元に囁かれる言葉のせいで、勝手に声が漏れ始める。

「あっ、やぁっ、んくっ……」

ぐりぐり、すりすり、と緩急をつけながら触れられると勝手に腰が浮く。

胸に触れられているだけなのに、おかしいくらいに気持ちいいと思うのはどうしてなんだろう。

「あ、あぁ……んっ」

さっきから脳みそがしびれたようになっていて、意味のある言葉が紡ぎ出せない。

直さんのキスは、次はお腹に落ち、それから太ももに落ちた。

「あっ、や」

慌てて身をよじっても、ちゅ、ちゅ、と愉しそうにキスは続く。

脚の力が緩んだ瞬間、間に彼の身体が入ってきて脚が閉じられなくなったことに気づいた。

さらに、濡れていたショーツが空気にさらされる。

「やぁっ……見ないでっ」

直さんの視線に身体が震えた。

「すごく濡れてる」

言われなくても知っている。

「脱がせるよ？」

「だめっ」

「でももう全部透けて、余計にいやらしいことになってる」

「それでもだめぇ！」

泣きながら首を左右に振る。

じゃあもう少し後でね、と言って、指がショーツ越しにするりと往復する。同時に粘着質な音が響いた。

「ひぁっ……！」

直さんの固い指先が、何度かショーツの上を行ったり来たりする。それだけなのに、勝手に腰が浮いて、頭がまたじんじんとしてきた。

「あ、あ、ッあ、んんっ！」

怖くてつい左手を伸ばす。直さんの右手の指が私の手の指の間に入りこむ。

そのままぎゅう、と強く握られて、それでも直さんの左手は私のショーツの上をまだ探るように動いていた。

「んんっ……どうしよ、あっ……」

「よもぎ、気持ちよさそうな顔してる」

甘い瞳に捕らわれ、口づけられる。口づけながら、指はショーツのクロッチ部分の横か

らナカに入って来た。

「んんんんっ！」

直接の激しい刺激に目の前がチカチカする。

怖くて目を瞑ると、触れられている感触の輪郭がさらにはっきりしてしまうようだった。

「あっ、やぁっ、んんっ！」

そこは自分の想像以上に濡れていた。

ぬめりを指に纏わせ、彼は濡れた場所の上にある尖りに指を添える。

「ひゃあぁっ！」

腰が跳ね、高い声が勝手に漏れる。

先ほど胸を撫でていたように、優しく指先が小さな粒を撫でた。

「あ、やぁあっ！」

強烈な刺激におかしくなりそうだ。

何度も腰が跳ね、涙が滲んでいるのに、直さんは優しく触れ続ける。

こぷん、と自分のナカから液体が零れ、お尻まで伝ったのを感じた。

「素直でかわいいなぁ。でもこのままじゃ辛いよね」

そんな声が聞こえ、訳のわからないうちに指を動かす速度が上がる。

「ひゃ、あっ、やっ、あっんっ！」

同時に耳にキスをされ、耳の中に舌が入り込む。

ぴちゃぴちゃという淫猥《いんわい》な音が、下半身から聞こえる濁音と混ざって耳の奥を刺激する。

濡れた指先が強い刺激を与え続ける。ぐるぐると階段を上らされているようだった。

どこに連れて行かれるのかわからないけど、もう降りる選択肢なんてなかった。

直さんは指の動きを休めることなく、低い声で耳元に囁いた。

「よもぎ、いい子だから覚えて。これから僕といるときしか達しちゃいけないからね」

「あぁっ、やぁああああんっ！」

ぐり、と突起を押しつぶされ、目の前が真っ白になる。身体は勝手にガクガクと震えて、
一瞬のちに全身の力が抜けた。

残ったのは全速力で走った後のような疲れと、言いようのない恥ずかしさだ。

彼はクタリとしている私の額にキスをしたかと思うと、力の抜けた脚からショーツを引き抜いた。

文句を言いたいけど、はぁはぁと息も整わないまま、ベッドに深く身体を沈めているしかできない。

そんな私の状態をいいことに彼は嬉しそうに何度も口づけてくる。

汗に濡れた額に張り付く髪を指で整えられ、その指を追うように彼を見上げる。

獲物を捕らえた獣のような瞳に震えた。

（もしかして、彼とこのまま最後までしてしまうのだろうか）

不安な視線を向けると、彼はわかっているかのように目を細める。

「大丈夫、すぐに最後まではしないから」

「ど、どういう意味……ですかぁ、んくっ！」

指がぬるりと溝を二往復し、ゆっくりナカに沈み込む。

たぶん一本だけど、すごい圧迫感に息が詰まった。自分をこじ開けられる感覚だ。

「よもぎ、息吐かないと辛いよ」

「じゃ、もう、あっ、やめてぇ、あんっ！」

言われた通り息を吐こうとするけどうまくいかない。

ぐるりと探るように指がナカで動く。

「も、やめてっ」

「離してくれないのはよもぎのほうだ」

「ちがっ、あッ！」

気づいたらいつの間にか直さんの背中に腕を回していたらしい。

逃げたいと思うのに、腕も手も勝手に彼に縋っていた。

「ね？　本当にかわいいんだから」

「あぁっ、はぁんっ……！」

親指の腹で先ほどまで弄っていた粒を撫でられる。

他の人に見られたことのない場所も、触られたことのない場所も、全部暴かれていく。

「あ、あっ、ぃあっ、はぁっ、っく……」

指がナカを動き回る。ぐるぐると動くたび先ほど見た景色より高いところに連れていかれる。勝手に涙が滲んで、彼がそれも舐めとる。

泣いてもやめる気はないというように、指の動きは止まらず、どんどん高みに追いやられた。

「も……だめぇっ」

「だめになってもいいよ」

「も、やあっ、あん、アッ、いあぁあああああ……！」

昇りつめると頭が真っ白になる。

クタッと身体がベッドに沈み込んだ後も、自分がハクハクと息を吐く音だけが耳を通る。

直さんの声も切れ切れにしか聞こえない。

「――って、来週、約束ね」

「な、なにが？　ぅんっ……」

「約束してくれないとまだやめない」

ちゅ、と汗の流れる額に口付けられ、胸の先端にもキスをされる。身体がまた熱を取り戻して震える。

「んっ、わかった！　わかったからぁ、あっ、やぁっ……約束するっ」

「ありがとう、よもぎ」

そう言ったくせに下半身に腕が伸びる。再び濡れた突起に指が添えられ、弄る指の動きがゆっくりから次第に速くなる。

「あっ、やぁっ！」

「ん。これで最後にしようね」

「あ、あっ、はっ、だめ、もうっ、いあああああんっ！」

何度も達したせいか、すぐにビクビクっと身体が大きく跳ねる。

やっと満足したように指が離れてホッとした。

するりと手に指を絡められ、目の前で優しく微笑まれる。

その瞬間、胸をぎゅうと摑まれて目の前の人がやけに愛おしくなる。あんなに意地悪されていたのはずなのに。

「……直さん」

「うん、なに？」

「キスしてください……」

呟いた言葉は、懇願に近かった。直さんはニッコリと微笑み言い放つ。

「でも、僕は今キスしてしまったら、キスだけでやめられそうにないなぁ」

その言葉に絶望した気分になる。

さっきまで散々触られ、気持ちよさに泣かされ、もうこれ以上あの感じを覚えたくないと本気で思っていた。

だけど、今、どうしてもキスしてほしくてたまらない。

いつの間にか、握られている手を強く握り返していた。

「それでもキスしてっ」

叫んだ言葉を聞き終わらないうちに、彼はわかっていたように唇を重ねる。

それから、先ほどよりもさらに私の身体も、心も、追い詰める。

何度も何度も、空が白み始めるまで。

気づいたらナカに二本の指が入っていた。ばらばらと掻き回されると、思考まで全部掻き回されているような気がした。

「な、直さん……！　んんっ、もっ、だめっ、もう、限界ぃ！　限界なのっ」

「そっか」

目の前で直さんが微笑む。そして続けた。

「わかっててよもぎがキスしてって言ったんだから、その限界を超えてみようね」

「鬼……！」

彼は言葉通り、思っていた限界を何度も超えさせ、私に知らない景色を見せ続けた。

第六章　三↓二・五メートル

目が覚めてもまだ日は高くなっていなかった。

（寝てたんじゃなくて、気を失ってたかも……）

ゴシゴシと目をこすって視界をクリアにする。

すると目の前に直さんの逞《たくま》しい裸の胸板があった。

「ふぃぎゃっ。……ふぉ！　……ふぁっ!?」

飛び起き、自分が全裸であることに驚き、最後に左手を見てさらに叫んだ。

すぐにブランケットを手繰り寄せ、もう一度まじまじと左手を確認する。

「あ、また〝運命の赤い糸〟が短くなってた？」

寝ていると思っていたのに、ばっちり起きていたらしい彼がクスクス笑ってこちらを見ていた。

（なんでわかるんですか？）

直さんは自分も起き上がるなり、私の顔を見て聞く。

「今はどれくらい？」

「三メートル……くらいです」

「ふふ、そっかぁ」

心底嬉しそうに彼が微笑む。

あまりに喜んでいる彼にいたたまれなくなって、ブランケットに顔をうずめた。

全部恥ずかしい。昨日の自分の声も、反応も、思い出したくもない。

それに、隅々まで全て見られたのも、知られたのも恥ずかしい。

そしてあれを経て、さらに糸が短くなっている事実もなんだかとっても恥ずかしい。

しかも、あんなことまでされて、こんなに糸が短くなっているのに、私たちはいわゆる最後までには至っていないのだ。

ブランケットに顔を埋めたままの私の髪を撫でる気配がする。

「ねぇ、よもぎ？　今更だけど、ちゃんと付き合うってことでいいよね？」

問われて、きゅっと唇をかむ。

（私たちの関係は一体何なのだろう？　付き合うでいいの？　いや、それ、よくない気がするんだけど……）

ウンウン悩んでいる私に、「よもぎ、僕のことは遊びだったんだ？」と、直さんが非常に悲しげな声で言った。

「人聞きが悪いですっ。遊びとかじゃないですから。遊びでこんなことできるはずないでしょ！」

「だって、最初は『誰でもいいから』って処女捨てようとしてたよね」

「またそんな昔の話を蒸し返して意地悪言って……」

ムッとしても、彼は「だってそうでしょ?」と眉を下げて首を傾げる。

あれはある意味知らなかったから言えていたことだ。今はもう、そんなの無理だとわかる。

誰でもよくなんて全然なかった。

「もう十分にわかりました。私には遊びで、とか、だれでもいいとか無理でした。あんなことを他の人とするのは無理です。もうそんなの思いもしませんから、いい加減忘れてくださいよっ」

聞くなり彼はくしゃと破顔し、私の髪を撫でた。

「うん。僕以外は無理だよね。いい子だから、絶対他の人によもぎの処女をあげないでよ」

まるで子ども扱いだが、嫌な気分でなくなるのはなんでだろう。

言われている内容はかわいくもなんともないが。

ふいに「あ、あと」と彼が付け加える。

「あんなにかわいい声も、泣いてる顔も、他の人に絶対見せないでね」

「見せるわけないですよ!　っていうか、それはもう直さんも忘れてくださいっ」

泣きそうになった私とは対称的に、彼は嬉しげに目を細める。そして、私の頰に口づけた。

考えてみれば、汗や涙や色々できれいじゃないけど、この人、気軽に口づけてくるな。しかも幸せでたまらないという顔をして。

(なんだか、心の奥底がムズムズするんだよね)

家族以外で、これだけ誰かに大事にされてるって実感できるのははじめてかもしれない。

直さんは自分の気持ちを包み隠さないので余計だ。

口に出さないときも、好きだって気持ちが全身から溢れ出ているのがわかる。

彼は微笑んで続ける。

「よもぎをそんな身体にした責任はきちんととらせてもらうから」

「それ、すごく嫌な言い方ですっ」

彼は私の目を真剣にとらえて口を開いた。

「だからきちんと僕と付き合ってください。日向よもぎさん」

(なんで今、このタイミングで真剣に念を押すように言うのよ)

私はそれに、うん、とも、だめ、とも言えなくて口ごもる。

きっと、赤い糸さえ見えていなければ、すぐにでもオッケーしていただろうというくらい、直さんは信頼しているし、もうとっくに男の人としても好きになっている。

実際に、あんなふうに触れられるのも、見られるのも、直さん以外は無理だってわかる。

でも簡単には頷けなかった。

悩む私を前に、直さんは私の髪を撫でて加える。

「僕はすぐにでも結婚したいくらいだけど」

「けっ……結婚って。気が早すぎませんか⁉」

「『付き合う』を飛ばしていきなり結婚でもいいんじゃないかな。うん、やっぱりすぐ結婚しようか。そうだ、そうしよう」

(なにが『そうしよう』だ！　このパターンだとすぐに結婚で押し切られてしまう)

焦った私は、「付き合う！　付き合うってことでっ」と叫んでいた。

彼は「えぇ。残念だなぁ」と口先だけで言ってニッコリと笑う。

「じゃ、『結婚を前提にした』お付き合いってことで。これで、佐久間さんにも言いやすいでしょ」

「なんで勝手に結婚前提になってるんですか……」

呟いてみたが、直さんは嬉しげに目を細めて、キスをしてから、さらに舌を滑り込ませて口内に這わせる。

いろいろ文句は言いたいけど、もうこの濃厚なキスだって、気持ちよくて普通に受け入れている自分がいるのだ。

(キスされた回数分、好きになってるみたい……)

抵抗しない私に調子に乗った彼は何度も何度も舌を絡めてきて、私はいつの間にか息をするのも忘れてそれに応えていた。

吐いた熱い息とともに、そっと唇が離れる。

視線を絡められ、なんだか恥ずかしくなって顔を背ける。

直さんはクスリと笑って私の髪を撫でた。

それから、

「あ、あと……一応確認だけど、次の週末は最後までするから」

と、まるで業務連絡でも伝えるように、あっさり告げた。

「……へ？　な、なんで？」

「約束したでしょ」

――来週、約束ね。

夜の間の『約束』という言葉が頭をよぎる。何かわからなくて約束したあの言葉だ。

「あれ、そういう話だったんですか⁉」

批判するように聞いた私に、彼は当たり前だというように頷いて、目を細めた。

「ふうん、よもぎは嘘をつくんだ。そういえば、さくらと仲に話をするときに『なんでもする』って話もあったよね。何もしてもらってないけどね」

「ぁ……！」

(そういえば、そんな話もありましたね！　そんなのすっかり忘れてたし、あれはあれで結局直さんに騙されて約束させられたような気もしますが……)

ついムッとして彼を睨む。

わざわざ今ここで話を持ち出してきて、絶対に断れないように囲ってくる姿勢はずるいと思う。しかも彼には、悪びれる様子すらないのだ。

　でも、不思議な点がある。

「で、でも、ならどうして昨日、最後までしなかったんですか?」

　そんなことを聞くのは心底恥ずかしいけれど、気になって聞いていた。

　正直、昨日の夜ならいくらでもチャンスはあったと思う。

　気持ちよくて訳がわからなくなった私は、強引に押されていたら流されていただろう。

　なのに、彼は、昨夜は決して最後まではしなかったのだ。

　こうして次の週末だとカウントダウンしながら追い詰められるより、いっそ訳のわからないうちに奪ってくれた方がよくはないけどやっぱりよかった。

　そんな不埒《ふらち》なことを思う私に、直さんはやけに爽やかに微笑んで私の髪を撫でる。

「僕の欲望だけぶつけて先走ったらよもぎは痛い思いをするからね」

「そ、そうなんですか?」

(私のこと、大事にしたいって話だよね?)

　気づくなり胸がキュッと摑まれる。

　夜の間、意地悪だけど、大事そうに触れてくる指先を思い出して納得する。

　なのに彼は続けた。

「うん。痛い思いをすれば、よもぎは僕とのセックスが嫌になるかもしれないでしょ。僕はよもぎとは、毎日何度でもしたいし、よもぎからも僕を求めてほしい。僕とのセックスも含めてよもぎに好きになってほしいから、最初が肝心だと思ってる。よもぎの身体を、最初から気持ちよさが摑めるようにしっかり慣らしておくために一週間は必要だって考えたんだ」

はっきりした言葉に、自分の顔がみるみる熱くなっていった。

(っていうか、この人は、爽やかな笑顔でなんて台詞を吐いてるんだ！　こういうときは嘘でも『私を大事にしたくて』で終わらせるものでしょうよっ)

そうは思うが、心臓の音がバクバクとうるさく鳴り響く。拒否反応ではなかった。

(こんなの、私まで変態みたいじゃない！)

沸騰しそうなほど熱い頰のまま叫んだ。

「あ、あんなこと好きになんてなりませんよ！　なるはずないでしょっ」

「そう？　昨日、最後自分からねだって……」

「ふぁぁあああああああ！　もう、だまってぇえええええええ！」

思わず直さんの口を手でふさいだ。ブランケットがはだけたけど、それどころじゃなかった。

彼は私の身体に腕を回し、なだめるように背を撫でる。

「ごめんごめん。いじめすぎたね」

また全然反省していない声色で謝って、私の耳元に唇を寄せた。

「昨日の夜はすごくかわいかったよ。今夜もかわいいところを見せてね」

「うぅっ……！」

熱くなった自分の耳を慌てて抑える。

そんな私を見て、直さんはまた愉しそうに笑っていた。

（やっぱり意地悪だ）

ぽんぽん、と頭を叩かれ、彼はベッドから立ち上がると伸びをする。

慌てて視線をそらしたけど、ちらりと見ると下は履いていて安心した。

「少し病院に出てくるね。日曜だから早めには戻るから」

勝手に私の額にキスをして加える。

「いくら最後までしてないって言っても、全部ドロドロになるまで無理したからね。もう少しゆっくり寝ておいて」

「なっ……！」

また全身火が出るほど熱くなったのは言うまでもない。


次に目が覚めると、外は真っ暗になっていた。

枕もとの電気をつけて時計を見る。時間は十時を過ぎていた。

そっと部屋から出ても彼の気配はない。

「直さんは、まだか。早く帰るって言ってたのに……」

呟いて、頭を掻いた。

（これじゃまるで帰りを待ってるみたいじゃない！）

でも実際にはそうなんだろう。

あれだけ触れられ抱きしめられていたせいで、彼がいないと心にぽっかり穴があいたような感覚になっている。

お腹もすごく減っていたけど、先にシャワーを浴びようと決め、バスルームに向かった。

バスルームの中の鏡で、首筋や胸だけでなく、背中にも、ふとももの裏にもありとあらゆるところにキスマークがついていると気づく。

恋人にキスマークをつける大会があればきっと彼は世界一だ。そんな大会はないが。

とにかく直さんが帰ってきたら絶対に文句を言ってやろうと思いながら、バスルームから出て髪を拭いていると、ちょうど彼が帰ってきた。

顔を見るなり、「おかえりなさい。お疲れ様です」という言葉が自然に口をついて出る。

「ただいま」

直さんは嬉しそうに微笑んだ。私は変わらない笑みを見てホッとする。

彼は当たり前みたいに私を抱きしめた。

「いい匂いだね」

「さっきシャワーを浴びたからです」

「そっか」

彼はさらに私を強く抱きしめる。

文句を言おうと思っていたのに、いつも頑張っている彼に残る血や消毒液の匂いのせいか、不思議と言う気がなくなってしまった。

私は直さんの背中に腕を回して大きな背を撫でる。

「直さんは、今日は救急だったんですか？」

「あぁ。救急手伝って、それから来客もあって遅くなった」

「そうなんですね」

基本的に休日の事務は休日専門の人間以外出勤していないが、医師や看護師は順番に出勤しているし、普段より人が少ない分救急が入るとあわただしくなる。

彼は救急や診療だけではなく、副病院長としての業務もたくさんあると事務の松井さんに聞いたことがあった。

実際病院で見かける彼はいつも忙しそうだ。

（これまでも今日も、ずっと大変だったんだろうなぁ……）

そんなふうに考えていると、直さんは一つため息をついた。

「今日はもっと早く帰って、よもぎに色々しようって思っていたのに……」

「なんですか、その不穏な発言はっ」

（さっきの労わりの気持ちを返せ！）

慌てて離れようと身体をよじる。

しかし、彼はそれを許さないというように、もう一度抱きしめなおして首筋に唇を埋めた。

「お願い。少しだけよもぎを味わわせて」

「ひゃっ……！」

ルームウェアをたくし上げられ、当たり前みたいにお腹にもキスを落としていく。

たくさんついてたキスマークがさらに増えていく。

「それ、少しだけじゃないですっ」

いつの間にか唇へのキスだけじゃなくて、身体にキスされることも好きになっていた。

だけど忘れてはいけないのは、まだここが玄関先ということだ。

「だめ、直さんっ、外に聞こえるっ」

部屋の中とはいえ玄関でこんなことをしていては外に聞こえる可能性があると教えてくれたのはさくらたちだ。

何度身をよじっても彼はやめてくれない。

シャワー後ブラをしていない胸が空気にさらされ、敏感に立ち上がった胸の先端に直さんが口づける。

「ひゃぁっ……！」

勝手に背中が弓なりになって、その背を直さんの指がなぞった。

もう止める気がないと感じとり、できる限り声を出さないように口を噤む。

「んっ、んんんっ……んくっ……」

「もっと声を出していいよ?」

「いいわけなっ、やぁっ!」

簡単にショートパンツとショーツをずらされ座り込む。

脚を閉じる隙もなく、間に腕を差し込まれた。指はすぐに目的地にたどり着く。

お風呂から上がったばかりの水分や汗とも全く違う粘着質な音が玄関と廊下に響いた。

「あっ、や、直さんっ、だめっ……」

「昨日よりも濡れてる。かわいいな」

「それは直さんが触るからでしょっ」

どう考えても触れられる前から濡れていたのが自分でもわかったけど、知らないふりを決め込む。

わかっているかのように、ふふ、と笑う声が聞こえて、頬がカッと熱くなった。

キスをしてほしいと思ったところで、唇が触れる。

なんで全部考えていることがわかるんだろう。

キスをしながら彼の背中に腕を回して強く抱きしめる。

それならもう一つわかってほしかった。

唇を離してじっと見つめても彼はわかっているのかいないのか口角を上げるだけ。

私は決心して彼の耳元でなんとか小さな声で言う。

「お願い。ベッドがいいんです。直さん以外に声、聞かれたくない」

彼が嬉しそうに顔を綻ばせる。と思ったら、私の膝の裏に腕を差し込み、軽々と持ち上げた。

「そうだね、僕も僕以外に聞かれるのは嫌だな」

ベッドに連れていかれ寝かされると、それからはさらに好きなように触られる。

何度も絶頂に導かれながら、私は自分の発言を後悔していた。

そして、完全に息が上がってクタリとしていた私の髪を彼は撫でる。

最後に唇をちゅ、ちゅ、と啄《ついば》まれて、額を合わせられた。

自分をグッタリさせた相手なのに、愛おしそうに目を細めて見られるだけで胸が高鳴る。

直さんは私の手に自分の手をするりと這わせて握りながら、口を開いた。

「次の土曜、ホテルをリザーブしたから」

「ホテル？　土曜って……」

（来週末、最後までするとか言われてたんだ）

なんていうか、ホテルの予約までしてるなんて土曜には絶対にする、と宣言されているようだ。彼は付け加える。

「帝都パラシオットホテルね」

「そんないいとこですか⁉」

（よくわからないけど、ラブホテルとかじゃないの？）

帝都パラシオットホテルなんて、一番安い部屋でも一泊五万円はくだらないだろう。

小市民の私は、間違いなく一生泊まることがない場所だ。

「そんなの当たり前だよ、大事な日だからね。スイートでも足りないくらい」

「しかもスイートとったんですか！」

ホテルの高級感のせいなのか、期待を込める彼の嬉しげな瞳のせいなのか。

不思議と泣けた。

誤解のないように言っておくけど、これは決して喜びの涙じゃない。

直さんはさらに私の額に口づけ、繋いでいる手に力を込めると「楽しみだねぇ」と来週に思いをはせるように呟いたのだった。


次の日の朝、早めに目が覚めたのに直さんはもう出勤していた。

彼がいたであろう隣のシーツを触ってもそこは冷たくて、随分前にいなくなっていたとわかる。時計を見たらまだ五時前だ。

「相変わらず早いなぁ……」

『付き合ってるんだし一緒のベッドに寝るのが当たり前だよね？』と言われて一緒に寝ているが、結局私が先に寝て、私が後に起きているので、あまり一緒に寝ている実感はない。

しかし、どういうわけだか朝起きるとキスマークが増えている。

それを見ると、直接言われてなくても『好きだよ』『愛してる』って彼の声が聞こえるみたいでいたたまれない。

実際、つけるときに言いながらつけられているだろう。

それが嫌ではなくて、むしろ嬉しいだなんて思ってしまっている自分がもっといたたまれない。

「あの人はほんとに毎日何やってるのよ。私も何よ、嬉しいって！　そんなこと思うから直さんがどんどん調子に乗るのよっ」

叫んでみても何も変わらない。それどころか自分の気持ちを再確認するだけだ。

週末にはこの気持ちを素直に受け入れて、直さんに伝えられているのだろうか。

「しかも帝都パラシオットホテルのスイートを予約したって……」

彼の心底嬉しそうな顔を思い出すなり、やっぱり恥ずかしくなって頭をクシャクシャッと掻いた。


その日は仕事を定時まででこなして、帰りに亜依を探すために外科の方まで行った。

外科の医局の扉が開いていたのでつい中を覗《のぞ》いてみると、直さんと廉がいて思わず立ち止まる。

廉が何かの書類を渡しているのがチラリと見えた。

「これ、チェックお願いします」

「あぁ、前期研修レポートかぁ。他の研修医よりは厳しめに見るから覚悟しておいて」

「う……はい」

「まぁ、厳しく見てもよくできてるんだけどね。さすが廉だよ」

直さんは微笑み、廉の頭をぐりぐり撫でる。

廉はやめろよな、とブスっとしながらも諦めたようにされるがままになっていた。

廉は直さんを、お兄さんとしても医師としても認めているみたいだし、好きだと思う。

幼い頃、廉は直さんが大好きでずっとついて回っていた。

（考えてみればそんな廉に私もついて回っていたから、直さんは大変だったんだろうなぁ）

小さな私たちに絡まれている彼を思うと笑ってしまう。

やっぱり彼は昔からみんなのお兄さんなんだ。みんなが頼りにしてて、優しいお兄さん。

前はみんなのお兄さん、で終わっていた感情が、今はいつでも頼りになって優しいって、なんだかカッコイイかも、なんて思っていると気づいてしまった。

（一体この短期間でどれだけ直さんを好きになってるのよ……）

自分で自分が恥ずかしくてたまらない。

そうこうしているうちに、外科の永井先生が医局に戻ってくる。直さんは永井先生に紙の束を渡した。

「この論文、そのままでもいいと思いますが、少し検討してもいいかもしれないところに付箋で貼って赤入れしています。もし修正されるようでしたら、また持ってきてくだされば見ますね」

「こんなに丁寧に見てくださったんですね。お忙しいのに、ありがとうございました」

「いや、僕の勉強にもなりました。こちらこそありがとうございます」

直さんはどんなときも笑顔だけど、指示は的確でみんなに信頼されている。

家では発言も変だし、恥ずかしいことばかりしてくるのに。

(全然違う人みたいだけど、病院の直さんも、家の直さんも同じ人で、私の好きな人なんだよなぁ……)

変なところを差し引いても好きな気持ちがたくさん残る。

自然と頬が熱くなって両手で覆った。

「直先生、論文チェックまで抱え込んでるのね。身体がいくつあるんだろう。大変なのに、なぜかものすごく機嫌いいしね」

突然、後ろから声をかけられた。振り向くと亜依が立っている。

「あ、亜依」

亜依は彼の方を見ると「直先生、やっぱり格好いいわよねぇ」とウットリとした声をあげている。

(言わなきゃ！　私は直さんが好きで、一緒に暮らしてるって)

自分の手を握り締め、亜依を見つめた。

「あのね、亜依。今日時間ないかな？　話したいことがあるの」

「うん。いいけど何――」

亜依が聞きかけたとき、オペ室の方向から看護師が慌てた様子で走ってきて医局に駆け込んで行った。

「直先生！　指田《さしだ》さんの腹部大動脈瘤《だいどうみゃくりゅう》のオペで、原因不明のショック状態です。真岡《まおか》先生が直先生を呼んでほしいと。申し訳ありませんがお願いできませんかっ」

「あぁ、すぐ行く」

直さんが飛び出すや否や、亜依も走り出す。

「先生、私も行きます！　ごめん、よもぎ。また今度でいい？」

「うん、もちろん」

頷き、ふたりの背中が見えなくなるまで見送っていた。

ふたりの後ろ姿が見えなくなると、小さく息を吐く。

「今更だけど、直さんって想像以上に忙しいんだよねぇ」

前も職場は病院だったたし、姉も医師、幼馴染の矢嶋三兄弟も全員医師だから、医師という存在自体は私にとって割と身近なものだ。

だけど、直さんは中でもとびぬけて忙しそう。

朝も早いし、夜は遅い。病院では、副病院長、外科医、救急医という役割を飄々《ひょうひょう》とこなしているが、松井さんや亜依も言うようにその仕事量は膨大だ。

なのに、病院でも家でも疲れた顔一つしないし、弱音を吐くのも聞いた覚えがない。

彼は当たり前のようにこなしているが、責任だって重い。

「誰にも代わることのできない、自分だけの重み――か」

それでふと気づいてしまった。

全然違うように見えるけど、私と直さんは少しだけ似ているのかもしれない。

ただ、私はそれから逃げようともがき続けて、直さんは逃げずに正面から向き合ってる。

ずっとそうだったのだ。

向き合い続けるのがどれだけ大変なことか……全部はわからなくても、なんとなくはわかる。

(直さんが少しでもゆったりできる場所に自分がなれたらいいんだけどなぁ)

でも、私は彼にしてもらってばかりで、何か彼に返せたことがない。

(直さんこそ、相手が私なんかでいいのかな)

そんなふうに考えると、なんだか落ち着かなくなった。


帰ってからなんとなく唐揚げをひたすらに揚げていた。

昔から唐揚げは、食べるのも、作るのも好きなのだ。ちなみに大好きすぎて、最初に作った料理が唐揚げだったりする。

とはいえ、直さんは帰ってくるのは遅いだろうし、深夜に揚げ物というのもどうだろうかと考え、軽く食べられる物も何品か作っておいた。

作り出したら楽しくて、作り置きにもなるからどんどん作っていて、いつの間にか時間が過ぎるのも忘れていた。

気づいたら深夜になっている。

後片付けが落ち着いた頃、玄関で扉の開く音がした。

「おかえりなさい！」

エプロンをしたまま、玄関まで直さんを迎えに行っていた。

すると彼は私を見るなり、なぜか口元を手で覆う。

「……かわいい。幸せすぎる」

「はい？」

「あ、ごめん。本音が漏れた。ただいま」

いきなり抱きしめられる。そのままキスをして脱がされそうだったので、慌てて暴れると抱き上げられた。

リビングまで連れていかれて、ソファに下ろされる。

のしかかられてキスをしながら服に手をかけられる。

「んっ……！　ちょっ、な、直さん！　今日、疲れてるでしょ？　何でそんなにすぐ脱がせるんですかっ」

彼は私の顔を見て、本気で悲しげに目尻を下げて訴えかけてきた。

「だめ？　よもぎに触れた方が、疲れは取れるんだけどな」

「ううっ……」

（そんな悲しそうな目でまっすぐ私を見ないでくださいっ）

言葉に詰まった私を、直さんは微笑んで見たと思ったら、もう一度キスをしてくる。

少し緩んだ唇から舌を差し入れられ、絡ませながら身体に触られる。

「んんっ、あ、ちょっ……ぁっ！」

少し浮いた背中に手を差し入れられ、軽々とブラのホックも外される。

(この人、全然休む気ないじゃない！)

私はない知恵を絞って一生懸命考えた。直さんをどうすれば休ませられるのか、と。

「待って、まって。直さん……あんっ、あの、お風呂。お風呂入ってくださいっ」

彼の動きがぴたりと止まって心底申し訳なさそうな顔をする。

「臭い？　ごめん、今日一日汗かいてそのままだから……」

「違います。直さんのその頑張ってきた匂いは好きなんですけど……んんっ！」

何故かまたキスをされて、唇を嬉しそうにペロリと舐められる。

(なんでキスしたの、なんで舐めたの⁉)

さらに、ぎゅう、と強く抱きしめられる。

「もう、いちいちかわいすぎる」

「訳わからないこと言ってないで。直さんにはゆっくりお風呂に入ってご飯も食べて、少しでも寝てほしいだけなんです」

こっちは怒っているのに彼は嬉しそうに目を細めた。それから私の頬を撫でる。

「そっか。ありがとう、よもぎ。でも大丈夫だよ？　僕は、体力はある方だから」

「いくら体力があるって言ったって、お休みも土曜だけだったでしょ？　土曜もバーベキューでみんなをねぎらっていたし。普段は仕事仕事でずっといないし。これでもちょっとは心配してるんですから……」

最後の方はなんだか恥ずかしくなってきて、自分の指を触りながら言う。

すると、やっと彼はわかってくれたのか私の頭をぽんぽんと叩き、微笑んだ。

「うん。じゃ、お風呂に入ろうかな」

「ほんとですか！」

（やっとわかってくれたのね？）

私が嬉しくて微笑むと、直さんはガシリと私の手を掴む。何故だかまた抱き上げられた。

「うん、よもぎも一緒にね」

「そういうことじゃないんですけどっ」

「あ、洗い合いっこしようか。そしたら疲れなんて吹っ飛びそう」

言いながら直さんは笑って、勢いよくずんずんと歩き出す。

「勝手に変なこと決めるなぁああ……！」

私の声が室内をこだました。

「あ、やぁっ……」

「やだ、ばっかり。本当に嫌？」

さっきから直さんは自身の手にボディソープをつけ、恥ずかしくて後ろを向いたままの私の身体を直接手で洗っている。

後ろから抱きしめるように洗われるのに我慢できなくなり、くるりと身体をひるがえしたら向かい合わせの形になって余計に恥ずかしくなった。

彼は嬉しそうに唇を合わせ、舌を絡ませる。

キスの最中も背中で泡をたてながら直さんの手が這う。

「はぁん……なんでっ、手で洗うんですかっ」

「こっちの方がよもぎに触れていられるから」

引き寄せられ首筋を軽く噛まれる。

身体がくっついたせいで、お腹に何かが当たった。

(これって……)

「あ、ごめん」

謝って直さんが少し離れる。ふいにお腹に当たったものが見えてしまって顔を限界まで背けた。

彼は困ったように笑って頭を撫で、キスを再開し、胸に優しく触れる。

「アンッ……!」

包み込むように胸に触れられ、気持ちよさに頭がボーッとなりながらも、さっき見えてしまったものを何度も思い出していた。

直さんのそれは想像以上に太くて長く、生々しさに一瞬怯んだけど、彼のものだと思うと不思議と気持ち悪いとかそういう感覚はなかった。

それどころかふと見えたそれがビクビクと脈打って苦しそうに感じてしまった。

唇が離れた合間、つい聞いていた。

「いつも私だけで、直さんはいいの？」

「え？」

「洗いっこしようって直さんが言った。私も洗う」

「よもぎ、だめっ」

だめ、と言われる前に手が動いていた。

手にボディソープをつけ、彼のものにそっと触れる。やっぱり熱く脈打っていた。

びくん、と彼の身体が動く。片手では包み込めないそれを両手で包む。

全然手のうちに収まらないのでどうすればいいのか思い悩んでおずおずと手を上下に動かした。ずっしりとした質量なんだと手のひらから感じる。

「くっ……」

直さんが低い声で呻《うめ》いた。と思ったらすぐに私の両手首を掴んで止められ、無理矢理手を剥がされる。

彼の顔を見上げると額に汗が滲んでいた。

「もしかして、痛かったですか？　すみません」

「気持ちよすぎてだめってこと」

「なら」

「だからだめなんだよ」

苦笑してそのまま耳に唇を寄せられる。

「よもぎ、わかってる？　土曜はこれがよもぎのナカに入るんだよ」

「ふぁっ！」

想像して顔が熱くなった私を見て、直さんが肩をすくめて笑う。

「なんでそんな意地悪を言うんですか」

「意地悪なんかじゃないでしょ。本当のこと。やっとよもぎのナカに入れるんだ。よもぎもちゃんと覚悟してて」

「でも、ぁっ……やっ」

耳元でささやかれる低い声に、お腹がきゅう、となる。

ふいにふとももの間に直さんの手が入る。

ボディソープのついた手が溝を往復した。泡とそれとも違う液体がまじりあう。

ぬるぬるとした指が淡い茂みの中の突起をとらえる。

瞬間、身体が震えた。

「やぁっ、また私だけっ」

「よもぎの気持ちいい顔を見てたら僕も気持ちいいから」

「んんっ！」

「よもぎ、好きだよ」

そのうちもう片方の泡のついた手が私の胸の飾りに触れ、全身から力が一気に抜ける。

瞬間、指が差し込まれた。

ナカにある指の質量をいつもより深く感じる。

さっき彼に直接触れてしまったことで週末に起こる出来事を想像して、キュッと下腹部が反応する。

直さんが意地悪く笑った。

「想像できた？　いい子だから週末までもっと想像していてよ」

「ちがっ、ンッ……ふ、はぁっ、ンン！」

否定しようとする唇をふさがれる。

文句を言いたいのにやっぱり彼とのキスは気持ちよくて、噛みつくみたいに自分からも何度もキスをしていた。

彼の熱い吐息を間近に感じて、確かに幸せだと思っていた。

第七章　二↓一・五メートル

日にちは容赦なく過ぎ、ついに木曜になっていた。

もうあと二日で土曜だと思うと落ち着かない。

しかも初めて直さんのものを直接見てから、あれが自分のナカに入るなんてありえないと考え続けてしまっている。

不安がないと言えば嘘になる。しかし、不安になるたび彼に触れられる。

もう逃がさないというように、毎日家で顔を合わせるたびに抱きしめられ、キスをされ、さらに愛の言葉を囁かれて、不安が和らぐ。

日に日に私は直さんの色に染まっていると実感する。

今日だって、一度寝て、一時すぎに目が覚めたら、帰ってきた彼に出くわしてしまい、やっぱりすぐに剝かれて色々された。

いつも以上に激しくねちっこい攻めだった気がする。

散々気持ちよさに泣かされ、声も涙も枯れたところにやっと解放された。されたが、そのまま抱きしめられて、キスが続いている。

（これで最後までしてないなんて、冗談ですよねぇ……）

というくらいに身体にはキスマークがいっぱいついていた。

それに気づいて恥ずかしさに泣きそうになると、うっとりした顔で何度も愛の言葉を囁かれるのだ。

「かわいい、よもぎ。好き。愛してる」

（なんだ、この羞恥心をゴリゴリ煽《あお》られる日々はっ）

もう恥ずかしさで顔が爆発しそうなのに、直さんは私の頬にキスを落とし、甘く蕩けるような瞳で私を見つめ続ける。

「やりすぎちゃってごめんね。声、枯れてるし、はちみつドリンク作っておいたからね」

「ほしいのはそういった気遣いじゃないんです」

彼はうなる私の頬にもう一度キスをすると、

「行ってきます、よもぎ。いい子だから、まだ寝ていなさい」

と言ってベッドから出て支度をする。

時間を見てみるとまだ三時半。もはや朝なのか、夜なのかわからない。

「相変わらず早い出勤ですね」

「土曜、楽しみすぎていてもたってもいられないんだ。土曜は仕事に邪魔されたくないから、先にできることはどんどんやっておかないとね」

直さんは遠足前日の小学生のように嬉しそうに笑っていた。

どうやっても逃げられないことがわかって、言葉に詰まる。

彼はそれを知ってか知らずか目を細めると、私の髪を撫で、部屋を出て行った。

「本当になんなの、あの人！」

叫んで、ボスンとうつぶせになり枕に顔をうずめる。

恥ずかしい。恥ずかしすぎるけど、でも、やっぱりあんなに『好きだ』『愛してる』って言われると嬉しくなる。

「でも、私からは『好き』とか『愛してる』なんてなかなか言えないんだよなぁ……」

まぁ、廉のときも二十年も片思いしてハッキリとは自分から言えなかったわけだし、これが私なんだけど。

「いつか直さんには、ちゃんと言えるといいな……」

急に眠気が襲ってくる。

――もっと言えばよかった。好きだって。愛してるって。

そのまま寝たら、昔の夢を見た。あれはさくらの言葉だ。

(なんで今日に限って、こんな夢を見るんだろう……？)

＊　　＊　　＊

矢嶋総合病院の廊下で、呆然としている姉のさくらがいて、隣で支えるように伸が座っていた。

さくらと伸は医学部の学生だったけど、まだ研修医でもなかったころだ。

「櫂《かい》にもっと言えばよかった。好きだって。愛してるって。私は、櫂がいないと生きていけないのに」

さくらの初めての彼氏は高校生のときにできた渋木《しぶき》櫂っていうさくらと伸と同い年の幼馴染の男の子だった。

さくらと櫂と伸は、小さな頃から三人で仲良く遊んでいたけど、いつのまにか当たり前みたいに櫂とさくらは付き合いだしたのだ。

さくらのことがずっと好きだった伸には複雑な出来事だったけれど、伸は櫂ならいいと思っていたようだ。

櫂は頭が良かったから、さくらと伸だけでなくて、私と廉もよく勉強を見てもらっていた。

櫂は少し直さんに似ていて、いつも優しく笑っている人だったから余計に私と廉は懐いていたように思う。

でもその頃には、櫂は先天性の難病でもう長く生きられないってわかっていて、さくらと付き合うときにさくらにだけは病気について告げたそうだ。

さくらはそれでも櫂といることを選んだ。

さくらが内科医の道を選んだのも櫂の影響だと思う。

亡くなるまでの最後の半年、ずっと櫂は矢嶋総合病院に入院していて、さくらは大学も忙しかったけど、それ以外の時間は寝る間も惜しんで櫂の看病をしていた。

そんな櫂が、亡くなったのだ。

もちろん、大好きな櫂が死んでしまって、私も廉もわんわん泣いたし、伸だって泣いた。

でも、さくらだけは全然泣かなかった。

私はただ呆然としているさくらが心配だった。

伸も同じように思ったみたいで、ずっとさくらを気にしていた。

私は息を吸って、病院の廊下の椅子に座ったままのさくらに言う。

「さくら、いったん帰ろうよ。櫂が入院してから今日まで全然寝てないじゃん。櫂のご両親も心配してた。私もすごく心配」

さくらは聞こえていないのか、頷きもしてくれなかった。

そこに当時、もう研修医だった直さんが廊下のあちら側からやってきた。

私を見てわかっているというように頷いた。

「さくらはこっちで預かるよ。そこの空き部屋にベッド用意したから。行こう、さくら」

そう言ってさくらを支えてくれた彼に、私は頭を下げる。

「ありがとう、直さん」

「気にしないで」

彼が優しく微笑んで、心底ホッとしていた。

直さんに任せておけば、今日は大丈夫だと思ったから。

(問題はこれからだ)

残された私は、座ったまま顔を下げている伸をまっすぐ見つめる。

伸は、ずっと自分の手を見つめているだけだった。

「俺、どうすればいいのかな。俺にできることもないし、このままそっとしておいたほうがいいような気もするし」

「伸はさくらが好きなんじゃないの？」

「そうだけど。でも、今はひとりになりたいんじゃないかな？　そっとしておいた方がいいのかなって思ってる」

引くことがさくらのためだと考えているような口調に、ぎゅっと唇を噛む。

つい言ってしまっていた。

「違うよ！　このままじゃ引っ張られる可能性だってあるのに！」

「え？」

「……あ」

慌てて口をふさいだ。

糸については決して知られてはいけない。言い方を考えないと。

「どうしたの、よもぎ。大声出して」

言いながら直さんが戻ってきた。

「さくらは？」

「うん、少しだけ睡眠導入剤飲ませておいた。無理やりでも寝てほしかったし」

「ありがとう」

ホッとして息を吸うと、意を決して伸の方をまっすぐ見て名前を呼んだ。

「伸。夫婦でも恋人でも、片方が死んだら、もうひとりもすぐに亡くなってしまうことって時々あるでしょ？」

〝運命の赤い糸〟は相手が亡くなったとしても、切れない。私はそれを知っていた。

強固に繋がっていればいるほど、相手に引っ張られることがある。

夫婦や恋人の片方が亡くなったら、もうひとりもすぐにということがあるのは、赤い糸が多少なりとも影響していると感覚でわかっていた。

それを糸の話をしないで相手に伝えるのは難しいと思ったけど、何とか頭を働かせて話した。

そのとき、さくらの赤い糸が繋がっていた相手は亡くなった櫂で――。

櫂とさくらを繋ぐ糸の長さは、櫂が亡くなった後も少しずつ短くなり続けていた。

私はさくらがいなくなるのがなにより怖かったのだ。

だけど私ひとりの力じゃどうにもならないともわかっていた。

糸の長さに影響を与えるのは家族の愛情じゃない。恋心だ。

伸は眉を寄せ、私を見上げる。

「何言ってるの、よもぎ。さくらが櫂のあとを追うってこと？　まさか、さくらに限ってそんなことあるわけないでしょ。さくらはこれから医師になろうって人間だよ」

理屈じゃない。怖いのだ。

(どうにか、ちゃんと伝えないと……)

私の糸の件もあるから、今後も伸とさくらが付き合うのは反対だし、伸がいくら頑張ってもさくらの糸が櫂と繋がっていること自体は変わらないだろう。

でも、今はそんなことを言っている場合じゃない。

(なんとかさくらをこっちに引き寄せたい)

大きく息を吸い、続けた。

「伸、お願い。さくらが好きなら、離れないでそばにいてちゃんと伝えて。さくらがここにいたいって思えるまで、毎日さくらのそばで伝え続けてよ。『好きだ』って、『愛してる』って。お願いだから伸、一緒にさくらを助けて!」

いつになく私は真剣だった。

私の様子を見て、伸は少ししてから決意したように頷く。

伸は、恋人を亡くしたさくらのそばに居続けることを決めたのだ。

それから伸はさくらに『さくらが大事だ』って、『愛してる』って、根気よく伝え続けてくれた。

最初、さくらは聞きたくないと怒っていたけど、そのうち、伸に好きだって言われるたび、少し困った表情を浮かべるようになった。

──そして二年後。

その日は、さくらと伸のお祝いの日だった。

直さんが病院近くの店を予約してくれて、矢嶋三兄弟と私とさくらが揃った。

私と廉と、まだ仕事のある直さんはジュースで、さくらと伸は久しぶりのお酒で乾杯をする。

「「さくら、伸、医師国家試験合格おめでとう！」」

みんなの声が揃った。

ふたりは無事に医師国家試験に合格したのだ。

心底嬉しそうなさくらも、緊張した表情のままの伸も、ありがとう、と返してくれた。

さくらはお酒を飲んで一息つくなり、

「これでちゃんと内科医になれる。櫂、喜んでくれるかな……」

と窓の外の空に視線を向けて呟いた。

そんなさくらの表情を見て、伸が突然立ち上がってどこかに行く。私は慌てて伸についで行った。

伸は店を出てすぐの場所に立っていた。

私は少し悩んで声をかける。

「今日こそ、さくらに付き合ってほしいって告白するんじゃなかったの？」

「さくらはやっぱりまだ櫂のことが好きなんだよな。どんどん自信がなくなってきた……」

「ええっ！　大丈夫だよ」

と言ったものの、私も少し自信がなくなってきていた。

だって、最近さくらの赤い糸の様子が変なのだ。

燿が亡くなった後、さくらの糸の先端は見えなくなった。それでいてどこかにつながっているように、時折ブルブルと震え、突然ピンッと張ることもある。

それが、今まで誰の糸でも見た覚えのない動きなのだ。

考えていると直さんも続いて店から出てきてしまった。

「ふたりともどうしたの？　伸、今日、さくらに交際を申し込んでしょ？」

「今になって自信がなくなってきたんだって。あんなに毎日好きだ、愛してるって伝えてたのに」

私が答えるなり、直さんは少し考えて私を見る。

「よもぎはダメだと思ってる？」

「えーっと……私は大丈夫だと思うんだけど……」

糸の様子を思い出せば、どうしても歯切れ悪くなってしまう。

そのせいで伸が絶望した顔をした。

「よもぎが頼みの綱なのに！」

「ごめん。違うの。さくらの表情も前とは全然違うし、家でも伸の話をよくしてるよ。だから自信もって！」

そう言って伸の背中を叩いた。

妹の勘だが、さくらは伸を好きになってきているとは思う。

ただ、さくらと伸の糸は繋がっていないので、さくらの本当の気持ちを測りかねている。

しかも今、見たこともない動きを見せている糸のせいで、私にもハッキリとどうなるのかわからないのが正直なところだ。

「わかった……。ありがとう。うまくいったら絶対にお礼するから。もうよもぎには一生頭あがんないよ」

「じゃあ、これからは呼び捨てじゃなくて『よもぎさん』って呼んでくれていいよ」

「わかった。よもぎちゃん！　直！　行ってくる！」

「『ちゃん』じゃない！」

言ってみたものの、伸は走って店内に戻った。

私たちも慌ててついていく。

伸は、廉と話していたさくらの手を取り、席から立ち上がらせて自分の方に向かせた。

「さくら！」

「どうしたの？」

「何度も言ってるけど、俺はさくらが好きだ。愛してる。絶対俺はさくらのこの手を離さない。悲しいこともつらいことも全部包み込んでみせる！　だから、俺と結婚してください！」

た。

「「「結婚⁉」」」

突然の伸のプロポーズに、事情を知っていたはずの私と廉と直さんまで驚きの声を上げ

（交際を申し込むんじゃなかったの⁉）

まさか交際をすっ飛ばして結婚を申し込むとは。

伸は少しして、自分の発言の間違いに気づいたようにハッとしたが、

「俺は後にも先にもさくらしか考えられない。本当は付き合ってほしいって言うつもりだったけど、やっぱり結婚してほしい！」

とさらに心を決めたように付け加えた。

その真摯な言葉に私の胸はじわりと熱くなる。

（伸はずっとさくらだけを見て、伝え続けてくれていた。そうしている間に、一生さくらを支える覚悟を決めていたんだ）

それがどれだけ根気が必要で大変なことか。

しかも時折不安定になるさくらを支えて、医師国家試験の勉強まで続けながら。

（私には見えなかった苦労だってたくさんあったはずなのに、伸はずっとさくらのそばにい続けてくれた……）

その時、ずっと黙っていたさくらが口を開いた。

そこにいた誰もが息をのむ。

「……結婚はまだ早いから、とりあえず付き合うってことでいい？」

頬を赤く染めて答えるさくらの言葉に、伸が泣きながらさくらの手を取って何度も頷いた。

「ありがとう、ありがとう！　さくら！」

「こちらこそ……ありがとう」

さくらが微笑んだとき、さくらの糸が光った気がした。

（なに……⁉）

目の前の事実が信じられなかった。

だって一度もそんな場面を目にしたことがなかったから。

そう、さくらの糸の見えなくなった先端があちら側から強く引っ張られたように、ピンッと張ったと思ったら突然ちぎれた。

そして同時に――。

「（伸とさくらの糸がつながった……！）」

伸とさくらの〝運命の赤い糸〟がつながったのだ。

しかも最初から三メートルほどとかなり短い。

その奇跡に鼻の奥がツンとなり、気づいたら頬を熱いものが伝っていた。

――それが私が見た、最初で最後の〝運命の赤い糸〟がちぎれる瞬間だ。

＊　　＊　　＊

私は自分の左手の薬指にある赤い糸を見つめる。

「何千本と見て来たけど、さくらと伸以外で糸をちぎった人達は見たことがないなぁ」

私の赤い糸も変わらずあって、途中は透明になっているがきちんと直さんと繋がっていると感覚でわかる。

「あのときは櫂が亡くなったのもあったわけだし、やっぱり私の糸は切れずにずっとこのままなんだろうな」

呟いて、決意を込めて息を吸う。

これは諦めじゃなくて、ちゃんと覚悟できたってことだ。

私は直さんが好きだし、彼との糸が短くなってきているのも、これからもっと短くなるのも、もう受け入れられている。むしろ、自分からそうしたいとすら思う。

——今、私は、この糸を引きちぎりたいなんて少しも思ってない。


(それにしても、なんで今日に限ってあんな夢を見たんだろう?)

考えながらいつもより少し早めの八時前に出勤する。

すると、病院内はなんとなくバタバタしている様子だった。

少し嫌な予感がしつつロッカールームに向かう。

私よりさらに早く来ていた事務の松井さんがいた。

「おはようございます。なんだかバタバタしてますね。救急車も何台か来てたし」

「あれよ」

松井さんはロッカールーム内のテレビを指さす。テレビは朝のニュースをやっていて、速報で中継が入っていた。

「ニュース？」

「五時ごろ、近くで結構大きな土砂崩れがあって、うちの先生も現場に向かったみたい」

心配そうな口調で松井さんは言う。

五時ごろって、もうとっくに直さんは出勤していた時間だ。

なぜか不安になって胸がドクンと大きな音を立てた。

そのときテレビの中のレポーターの声が聞こえた。

『最初の土砂崩れの影響で、近隣でも土砂崩れが発生した模様です。さらに現場は混乱していています。なお、現場に向かっていた医師がこれに巻き込まれたという情報も入ってきており――』

「……直さん」

呟いていた。

「え？」

「直さんは……？」

すっと青ざめると、ロッカールームを飛び出していた。

そのままどこに向かっていいのかわからず外科の方向に走る。

あんな夢を見たせいで、不安が胸を占めていた。

私には〝運命の赤い糸〟が見えるだけで、予知夢なんて見ないはずだけど、でも不安だった。

——直さんがいなくなるんじゃないかって。

全速力で走って外科に着くなり、廉が目に入る。

私は廉につかみかかって聞いていた。

「ねぇ、廉！　直さんは⁉」

「あぁ、土砂崩れの現場に行って——」

(やっぱり……)

嫌な予感ほど当たるものだ。

「私も行く！　連れて行って！」

つい叫んでいた。

「はぁ⁉」

「私なら土砂の中だって、なんだって直さんを探せる。だから私も行く！」

私には赤い糸が見える。

彼が巻き込まれていたって、近くまで行けば糸をたどれるはずだ。

(私のこの力って、今日のためにあったのかなぁ……)

そんなふうに感じ、初めて糸が見える力があってよかったと思っていた。

「よもぎ、何言ってんだよ。だめだって」

「どうしたの？」

亜依の声が聞こえたけど、私はそれどころではなかった。

「いや、よもぎが――」

――もっと言えばよかった。好きだって。愛してるって。

あのときのさくらの声が耳の奥に響く。

そうだよ、私はまだちゃんと伝えられていないのに。

「私、直さんが好きなのっ。なのに直さんに好きだって、全然伝えられてない！　直さんがいなくなったら、私、どうしていいのかわからないの。だから連れて行って！」

（もっと言わなきゃいけなかった。後悔なんてする前に……！）

ぼろ、と涙がこぼれたけど拭うこともなく廉の胸元を摑んでいた。

連れて行ってくれるまで、絶対離さないつもりだった。

「危ないところによもぎを連れて行くはずないでしょ」

「でも、私ならどんな中でも直さんを見つけられるからっ」

「それは、きっとそうだね」

「あんなに直さん、これからのことを楽しみにしてて。私だって覚悟もできて。なのに、なんで今っ」

「だから、そんな状態で何があっても死なないって」

驚いてバッと勢いよく振り向くと、後ろにいつも通りの優しい笑顔で直さんは立っていた。

聞き覚えのある返答の声がずっと後ろから聞こえていた。

（あ、あれぇ……？）

「………」

「な、なななな直さん⁉」

心底驚き、叫んで飛び上がった。

（まさか幽霊ですか⁉）

こわごわ肩に触れる。硬い彼の肩にしっかり触れられた。

「い、生きてる！　っていうかなんでここにっ」

「もちろん生きてるよ。大事な〝僕の恋人〟残して死ねないでしょ」

直さんは微笑み、私の頭を優しく撫でる。

隣にいた廉が大きくため息をついた。

「途中で人の話を切るなよ、最後まで聞け。直は、土砂崩れの現場に行ってとっくに一陣で戻ってきてる。重傷者を直が処置しながら搬送してきて、さっきオペが終わったところ」

「ふぇ……」

直さんの顔を見る。彼は私を見て愛おしそうに目を細める。

「オペは成功。現場で救出作業をしていた方だからね、問題なく仕事復帰できるように最善を尽くしたよ」

言うなり、家でするような甘く蕩けるような目を私に向け、髪を撫でた。

「まったく。何を勘違いしたのか知らないけど、こんなところで大声で告白するなんてね。〝僕の恋人〟は本当にかわいいんだから」

「〜〜〜〜〜〜〜〜〜〜〜〜〜……！」

私が言葉にならない声で叫んだとき、直さんはいつの間にか周りにいたスタッフに言う。

「さて、次もまた運ばれてくるからね。みんな、もう少しがんばろう」

その声は、いつも以上の上機嫌に聞こえた。

私はというと、指の先まで全身熱くなったまま立ちすくんでいた。

直さんが、人目もはばからず私の頬を優しく撫でる。

「よもぎも仕事でしょ？　このまま僕のそばにいたい？」

「し、仕事ですねっ。仕事に行きます。もう始業時間なので行きます！　ご、ごめんなさい。すみませんでした。お騒がせしましたぁあああ！」

恥ずかしさにいたたまれなくて、視線をそらせたまま叫んで速足で歩き出した。

そしてそのままロッカールームに戻ったとき、松井さんがケラケラ笑って私に言う。

「アハハ……！　ここまで響き渡ってたわよぉ」

「いますぐ消えたいです」

涙で視界がゆがんだ私に松井さんは続けた。

「よもぎちゃんは直先生とのこと、あまりオープンにしたがってなかったでしょ？　直先生は早くオープンにしたかったみたいだから、さっきの告白かなり喜んじゃって〝僕の恋人〟って強調してたの、こっちまで聞こえてきて笑っちゃったわよぉ」

（あれぇ……？　何か反応がおかしくない？）

普通に驚かれると思ってた。だけどこれって――。

（すでに知られてますか⁉）

手が震え、知りたくないのに聞くしかなかった。

「ちょ、ちょっと待ってください。ま、まさかみなさん、な、何かご存知なんですか？」

「何かって？　よもぎちゃんが恥ずかしがってなかなかオープンにできないって直先生が悩んでたこと？　いや、土曜日、ふたりで旅行に行くのに、直先生がカウントダウンしながら嬉々として猛スピードで大量の仕事をこなしてることかな？」

「なんでそれを⁉　っていうか嬉々としてってあの人は何やってるんですかっ」

（なんで旅行の話まで知られてるのっ）

それになんで嬉々として猛スピードで仕事をしているんだろう。

お願いだから、そんなプライベートは見せずに普通に仕事をしていてほしい。

「だってこの土日、事務や外科、救命、その他諸々いつも以上にすっごい完璧なシフト組んでるし」

「そうなんですか？」

「それに大事な用事があるって言うから、何があるのか聞いてみたら、『よもぎとはじめての旅行なんだ』って心底嬉しそうに答えてくれたわよ？　みんなそれ知ってるし、他の誰でもない直先生のためなら協力しようって、スタッフが一致団結してたわよ？」

恥ずかしさのあまり、顔が爆発しそうだ。

（全員知ってるって。しかも旅行まで知ってるって……）

もう全てが恥ずかしくて、何が何やらわからなくなる。

「やっぱり、いますぐ消えたい……」

しかし消えることなんてもちろんできず、私は一日中、何人ものスタッフに『直先生、今朝のアレすごく喜んでましたよ。またやってあげてくださいー！』と興奮気味に謎の声かけをされるのだった。

おかげで精神的にヘトヘトになり、終業後にすぐマンションに戻ったけど、部屋には帰らず亜依の部屋の前で彼女の帰りを待った。

もう今朝の一件で、亜依には私が直さんが好きだってことはしっかり伝わっているし、なんなら彼の発言のせいで付き合っている事実はすでに伝わっていそうだ。

だからこそ、きちんと話をするなら、もう今日しかないと思ったのだ。

待っていると亜依は夜七時ごろには帰ってきた。

帰ってきた亜依は私を見て、わかっていたのか驚きもしなかった。

「なんだ、こんなところで待ってたの」

「ごめん、どうしても話をしたくて」

私が言うなり、亜依は頷いて部屋のドアを開ける。

「入って」

亜依の部屋の中はベッドとソファとテーブル、一緒に買った雑貨類。他にあまり荷物はなかった。

「綺麗だね」

「まぁもともと荷物はほとんどないし。ホテル暮らしも長かったしね。その辺に座ってて」

亜依が笑ったとき、私は立ったまま思いっきり亜依に頭を下げて叫んだ。

「亜依、本当にごめんなさい！　私、廉じゃなくて直さんと付き合ってる」

一息に言ってすぐ、ふたりの間を静寂が包んだ。

（亜依、絶対怒ってるよね。いや、むしろ呆れてる？）

さらに深く頭を下げる私に、亜依はクスリと笑う。

「今日のアレは、おもしろすぎたわよ」

「それはもう忘れて……！」

「っていうか、いつ言うのかと思ってた」

亜依の言葉に驚いて思わず顔を上げる。

（やっぱりすでに知ってました？）

亜依は呆れたように肩をすくめる。

「直先生の惚気発言は私も一昨日聞いたとこよ。でもそれよりもっと前からわかってた」

「前から？」

「うん。私ね、直先生と組むことが多いの」

「あ、うん。そうだよね」

「直先生、時間が少しでもあけば、よもぎの方ばっかり見てるの。外科から吹き抜け通して受付が見えるのよ」

亜依は「知らなかったでしょ」と微笑む。

（直さんらしいけど、わかりやすすぎる……そりゃバレるのも時間の問題だわ）

私が苦笑して頷くなり、亜依は笑った。

「一緒に働いてるとね、見えなくていいこともたくさん見えちゃうの」

「亜依、ごめん。傷つけたよね」

もう一度頭を下げる。亜依は顔を横に振った。

「私は大丈夫。直先生は好きだけど雲の上の存在って感じもして、まだそこまで本気で好きってわけじゃなかったし」

「……亜依」

しんみりする私の頬を、亜依は突然強い力でつまんだ。思いっきり、何の遠慮もなく。

「いだっ、痛いっ。亜依、痛い！」

「でも、もっと早く言ってよ。私、友だちじゃないの？　どっちかというとショックなのはそっちのほう！」

亜依がそんなことを言う。

亜依と目が合うなり、泣きそうになった。

（そうだよね……）

亜依は私のことを大事な友だちだって思ってくれてる。

私だって廉と亜依の糸が繋がっているってわかっても彼女と疎遠にするなんてできなかった。亜依を友だちだと思ってた。

「ごめん……。大事な友だちだからなくしたくなくて、傷つけたくなくて、言いづらかった。でも結果傷つけた。本当にごめんなさい」

「全くもう」

亜依は結局泣いてしまった私の頭を軽く叩く。思わず亜依に飛びついていた。

亜依は「はいはい」と私を抱きしめ背中を叩く。

「ってことは廉も振られたんだ」

「えっ、あ、うん。そうなるかな」

「そっかぁ」

呟いたかと思うと、突然、「噂をすれば廉だ！」と叫んで玄関まで走った。

玄関扉を開ける。

本当にちょうど廉が部屋に帰ってきて亜依の部屋の前を通ったところだった。

「わ、亜依！　っていうかよもぎ⁉」

どうやら、マンション廊下を歩く廉の足音で気づいたらしい。

「帰ってきたとかもよくわかるんだね？」

「そうなのよ、隣りだからね。結構便利よ」

私は全く気づかなかったのでそれだけじゃない気もするけど。

「ちょっと廉、ツラかしなさいよ」

亜依は廉も部屋の中に引き入れた。

廉が部屋に入るなり、私と廉をテーブルにつかせビール缶を一本ずつ渡す。

自分も一本持つと、カンパイと言って先にぷしゅっと開けて飲みだす。

その勢いに、私たちは慌てて自分たちの缶も開けて口をつけた。

「聞いたわよ、廉。あんた、よもぎに振られてたなら振られてたって言いなさいよ」

亜依はビールをダンッとテーブルに置く。

廉は眉を寄せると不貞腐れたように口を尖らせた。

「な、なんでそんなの亜依に報告しなきゃならないんだよ」

「まぁそれもそうか。ごめんごめん！」

亜依はケラケラと笑う。そして私たちの顔を見て続けた。

「それにしても、よもぎと廉が付き合ってないとはね。そっちに驚きよ」

「だろ？　ほんとに見る目ないよな、よもぎって」

廉が冗談混じりに責めるように言う。私はすぐさま頭を下げた。

「それは本当にごめん」

「そこは本気で謝るなよっ」

廉が苦笑して返すなり、亜依も目を細めて口を開く。

「いや、間違いなく廉より直先生でしょ」

「なんだよふたりして！　それに俺はまだ諦めたわけじゃないし。見てろよ、直よりいい医師になって後悔させてやるから」

「一日でも早くその姿を見たいわよねぇ、よもぎ？」

亜依は楽しそうにまたケラケラ笑う。

亜依と廉は疲れていたのか、酔いが回るのが早かった。私もふたりの掛け合いを見て、いつの間にか笑っていた。

そのうち、廉が缶をカラにしてパタリと頭を下げた。すぐにすーすーと眠ってしまう。

「廉、疲れてたのかな。寝ちゃった。研修医って大変だもんね」

「なんだか、かわいい寝顔よね。せっかくだし落書きしてやろうか！」

亜依がペンを持ってムフフと笑い、廉を見ていた。

「亜依。そのペン油性じゃんっ」

「あ、ほんとだ。あぶなっ！　明日のスタッフステーションを笑いの渦にするところだった」

「学生時代、亜依って本当に廉の顔に落書きしたことあったよね」

「あれ、よもぎじゃなかった？」

「いや、亜依だよ。私まだあのときの写真持ってるよ。今度持ってくる」

「えー、何それ。ほんと見たい！」

私たちはゲラゲラ笑う。まるで高校時代のままだ。

あのときの私は心底廉が好きで、亜依と廉が赤い糸で繋がっているのを毎日見るのが辛かった。

でも今、心からふたりと友達で良かったなぁ、なんて思っていた。

我ながら単純なものである。

思いっきり笑ってやっと落ち着く。

時計を見て十一時をとっくに過ぎていると気づき、慌てて立ち上がった。

「ごめん。私そろそろ部屋に帰るね。本当に今日はごめん。それにありがとう」

「うん」

「廉はこのままでいい？」

「あとで叩き起こすわ」

亜依は笑う。それから、「でも、直先生、今夜は帰らないと思う。私たちは帰らせたけど、自分は残ってまだ救急に入ってるから。だからうちに泊まっていけば？」と言った。

私は首を横に振る。

「ううん、もし一瞬でも帰ってきたときに、私がいないとガッカリするだろうから帰る」

「なにそれ、惚気？」

「いや、えっと……うん。そうかも」

私が笑うと、亜依も笑う。彼女は私を見つめて念を押すように告げた。

「あんな素敵な人、逃すんじゃないわよ」

「うん、わかってる」

私だって、もう直さんと離れるのは無理だと思う。

力強く頷くと「じゃあまたね」と言って亜依の部屋を後にした。


朝になっても、結局直さんはそのまま病院に泊まったみたいで帰ってこなかった。

いつもより早く出勤して、なんとなく外科の方を通ってみる。

直さんはいなかったけど、亜依がスタッフステーションにいて、近くに隠れるように廉が立っていた。

「廉、おはよ」

「よっ!? よもぎっ！　お、おはよっ」

なんだか廉が挙動不審だなぁと思ってふと手元を見た。そして首を傾げる。

「あれ？」

「な、なんだよ？」

「いや……。ええっと、昨日、亜依と何かあった？」

「なっ……⁉　な、ななな何もないっ」

廉が真っ赤になって大声で答えた。それから慌てたように走って行ってしまう。

「何アレ」

首を傾げて、廉の後ろ姿を見る。

「とはいえ、何かあったくらいは丸わかりなんだけどさぁ」

廉と亜依を繋ぐ〝運命の赤い糸〟は、これまで五十メートルほどの長さでずっと変わらなかったのに、突然十メートルほど短くなっていたのだ。


昼休みは松井さんと食堂に行った。

最近さくらも忙しいらしく、お昼の時間が合わないのでひとりで食堂に行っていたら、松井さんが声をかけてくれるようになったのだ。

私がいつも通り唐揚げ定食を食べていると、松井さんは私を見て微笑む。

「昨日の土砂崩れに巻き込まれた人は全員無事に救助されたみたいよ。医師が巻き込まれたっていうのは誤報だったたって」

「うっ……。そ、そうですか。それはよかったです」

「重傷者のほとんどを直先生が治療されたみたいよ。さすがよねぇ、直先生」

含み笑いをされ、ちらりと見られる。

あれからずっとこんな調子だ。

「松井さん、また、からかって」

「いや、だって、おもしろすぎて！」

松井さんが堪えきれないと言うようにケラケラ笑う。

なんだかすごく恥ずかしいけれど、あんなに何も考えずに自分の恋心を暴露したのも初めてで、ある意味で吹っ切れた。

（もしかしたら自暴自棄になっているだけかもしれないけど……）

そんなふうに思っている私の頭上から「よもぎ」と低い声が降ってきた。

見上げると、直さんが目を細めて私を見ている。

昨日から会ってないだけなのに、なぜかすごく恋しかった。でも、いざ会ってみると少し恥ずかしくて、つい視線をそらしてしまう。

自分の声がうわずっていないといいな、と思った。

「なんで、ここがわかったんですか？」

「いつもここでお昼を食べているでしょ？」

「確かに……」

私はいつも食堂で変わらず唐揚げ定食を食べ続けている。

最近気づいたのだけど、ここの唐揚げ定食は安いだけでなく、日替わりでつく野菜の小鉢も充実していてとんでもなくバランスがいい。さすが病院の食堂である。

「今日も帰れないけど、明日は大丈夫だから。明日の約束覚えてるよね？」

突然はっきり言われて、私は急に明日の約束を思い出した。

明日はもう土曜だ。

「ふぁい……！」

変な声で叫んでしまい、みるみる顔が熱くなるのを感じる。

直さんはクスリと笑って私の頭を撫でた。それから、「じゃ、明日ね。楽しみにしてるから」と微笑んで行ってしまった。

私は自分の手と直さんの手をすぐ見る。

「こっちはこっちでまた短くなってるんだよねぇ……」

私たちの〝運命の赤い糸〟はもうすでに一・五メートルほどになっていたのだ。

第八章　一メートル

確かに緊張はする。

だけど、私は直さんのことが好きだし、覚悟だってもうしてる。

彼がいなくなるかもしれないと思ったとき、怖くて仕方なかった。

だから私はもう後悔なんてしないように、この人のものになろうって決めたんだ。


土曜の昼、直さんが帰ってきて、ふたりでタクシーに乗って帝都パラシオットホテルに向かった。

覚悟ができているとはいっても、やっぱり緊張するなぁと思っていたら、彼はタクシーの中でも私の手をぎゅうっと握りしめてくるので、さらに緊張感が増す。

緊張しすぎてもう吐きそうだ、と思ったとき、ホテルに着いた。

チェックインして五十一階の部屋に入ってみると、一度も入ったことのないスイートルームは想像していた何倍も広く、都内なのに遠くに富士山まで見える。

ついはしゃぎまくってしまった。

「部屋、ひろい！　部屋何個繋がってるの？　景色も最高です！　ベッドもひろーいっ」

「うん、よかったね」

ベッドサイドに目をやるとホテルの案内がある。

表紙にある綺麗な屋内プールを指さした。

「ねぇ、直さん！　このホテル、プールがあるみたい。行きたいです」

「うーん、いいけど……。よもぎ、水着は？」

「あ、そう言えばないですね」

「レンタルがあるかな。聞いてみようか」

「はいっ」

彼はすぐに私と自分の水着をレンタルしてくれて、ふたりでプールに向かった。

更衣室から水着を着てプールサイドに進む。ついた途端、先にいた彼が目を細めて私を見た。

直さんの笑顔とやけに逞しい上半身が目に毒だ。というかプールの大きなガラス窓から差し込む光が彼を照らして、すごくキラキラして見える。

（どうしよう。すごく格好いい……）

私は勝手に熱くなった頬をおさえる。

それからなんとか平静を保つために、水着の疑問を彼にぶつけた。

「っていうか、何ですかこの水着。これしかなかったんですか？」

私の水着は、上下セパレートのビキニタイプの水着だったのだ。

ビキニはまるで下着みたいでなんだか心許ない。

「数種類から選べたからその水着を着たよもぎを見たいなって思って。胸のパッドも多めに借りておいてよかったね」

直さんが何の遠慮もなしに爽やかに微笑んで言う。

（爽やかに言う内容じゃない！）

「へ、変態っ。ぱ、パッドとか恥ずかしげもなくよく借りられましたね」

「だってブカブカだったら中見えちゃうよ？」

「うっ……」

（確かにパッドはしっかり詰め込みましたけど！）

直さんの言うとおりだが、最後までしてない癖にすでにそんなことまでしっかり把握されているのがなんだかすごく恥ずかしい。

恥ずかしさのあまり震えている私の手を彼は摑んで引き寄せた。

「考えてみれば、自分は見たいけど人に見せるのは嫌だな。ほら、一緒に水に入るよ。おいで」

「ふぁいっ」

ザボン、と水の中に入ると彼の素肌と密着してしまって、驚いて離れようとしたけどそれは許されなかった。

さすがに動きづらいと怒ると、困ったように笑われてやっと解放される。

ぷかぷか浮いているだけでも温水プールは何とも心地よかった。

ふたりで泳いだりはしゃいだりしたあと、プールから出る。すぐに彼が私に大きなタオルをかけてくれた。

「これ、上にかけててね。あと喉渇いたよね？　ジュースをもってくるね」

「ありがとうございます。でも一緒に見に行ってもいいですか？」

「もちろん」

当たり前みたいに手を繋いで、ジュースを買ってプールサイドで飲んだらまたひと泳ぎ。

時間も経って、お腹が減ったなぁなんてのんきに思っていると直さんは微笑む。

「レストランの予約を取っているから、行ってみようか」

彼はディナーのためにと着替えまで用意してくれていた。

サテンジョーゼットの薄いピンクのワンピースがクローゼットにかけてあった。五センチほどヒールのある同じ色のパンプスも置いてある。

「勝手に用意してごめんね、よもぎの好みを聞こうと思ってたんだけど時間がなくて」

「いいえ、嬉しいです」

身に着けてみると驚くくらいにちょうどいい。

着替えた私を見て、彼は愛おしそうに目を細めた。

「かわいいな」

「あ、ありがとうございます。でも本当にぴったりなんですけど」

「ふふ。最初のときよりサイズもしっかりわかってるしね」

「最初……」

そういえば、最初に吐いて直さんのベッドで寝てしまった日、彼はパジャマも替えの服も用意してくれていた。

あのときも同じような色のワンピースで自分にぴったりだったけど、今回はさらに仕立てたようにぴったりなのだ。

「その節はお世話になりました」

「あのとき僕は思ったんだ。〝運命の赤い糸〟が繋がっているってやっぱりこういうことなんだって」

「……へ？」

「糸が繋がっているとひとつひとつのアクションがうまくいくようになっているんだろうね。さ、もう時間だから行こう」

直さんは微笑んで手を差し出した。

その手を握ると、ぎゅう、とさらに強く握り返された。

彼の言っている意味はなんとなくわかる。

廉と亜依のように、糸が繋がっているふたりは、部屋を決めるにしても隣り同士になるなど、ふたりの仲が接近するように歯車が回りだすのだ。

ただ私には直さんがしたことがよくわからない。

見上げると、彼は幸せそうな笑顔を浮かべた。

それから連れていかれたのは最上階のフレンチレストランだった。

あまりの豪華さに戸惑う私の手を取って、彼は先に私を席に座らせた。

（エスコート上手だなぁ。スマートなところも格好いい）

なんていちいち思って、また好きになってしまう。

どうにも今日は彼のことをおかしいと言えないほど、私もおかしい。

テーブルに着くなり、ウエイターが頭を下げて丁寧に今日のコースの説明をしてくれ、ソムリエがワインを注いでくれる。

乾杯して一口飲むとおいしくて、つい、もう一口、と飲んでしまいそうになったけど、やめておいた。

「今日はゆっくり飲むんだね」

「あ……はい」

この後、前後不覚になるのはどうもよくない気がしたのだ。

直さんは私にゆったりと微笑みかける。

彼の笑顔を見るとどうにも動悸《どうき》が止まらなくなり、胸が苦しいくらいになってしまう。

ドキドキしながらも、運ばれてくる料理はどれもおいしくて、食べている間に少しだけ落ち着いてきた。

直さんと向かい合って話をするのも嬉しくて楽しくて、つい時間を忘れてしまう。

デザートも食べ終わってお腹がいっぱいになったころ、はじめて周りを見渡す余裕ができていた。

「やっぱり、こういうところはカップルばっかりですね」

思わず言った私に、「みんな赤い糸で繋がってる？」と彼が突然聞いてくる。

「え……。あ、いや」

「繋がってないカップルもいるんだ？」

「……はい。繋がってない夫婦もいます」

直さんには糸のことを知られているから、隠す必要もないんだと気づく。

ただ初めて人に話すので、緊張はした。

すると、彼は少し真面目な顔で聞いた。

「ねぇ、さくらと伸の糸は最初から繋がってたの？」

「え……」

「あのとき、櫂が亡くなったときね。よもぎがあまりにも必死だったから。もしかして、さくらは櫂と糸が繋がってたのかなぁって思ってたんだ」

「直さんって本当に何でもお見通しなんですね」

事実上認めたと同じだったけど、彼ならいいと思った。

直さんは深い息をはく。

「やっぱり、そうか」

「だからさくらがどうなっちゃうか怖かったんです。でも、伸がずっとさくらのそばにいて、好きだって伝え続けてくれたから……。さくらは伸と繋がった」

「繋がったっていうのは、つまり、さくらと伸の元の糸はちぎれたってこと？」

直さんは少し意外そうに聞いてくる。

「はい。でも、あれだけです。糸がちぎれて他の人と繋がったのを見たのはあのときだけ。これまでたくさんの〝運命の赤い糸〟を見て来たけど、あのふたりだけでした」

私は続けた。

「運命は変えられないけど、たまに奇跡だって起こるんだなぁって思ったんです」

「それで、その奇跡を信じて廉と付き合ったりはしなかったんだ？」

「う……」

そういえばそうだ。

いや、事実、直さんとの糸を引きちぎろうとはした。したけど、先に廉と付き合ってしまって、私と直さんの糸がちぎれるのを待つっていう選択肢は最初から私にはなかった気がする。

どちらかというと、廉から離れてしまいたかった。そして、直さんからも……。ふたりの近くにいれば、自分の心がどう動くのかわからなくて、怖かったのかもしれない。

それでもなぜか色々あって、石が転がるように矢嶋総合病院に勤務することになって、いつの間にか直さんと同棲する事態になった。

近づくことで強制的に彼の気持ちとも、自分の心とも向き合うようになったのだけど。

「ま、僕にとっては嬉しいことだったけどね。僕はよもぎがずっと好きだったから」

直さんが微笑んで、当たり前みたいに告げる。

(この人はいつもそうだ。まっすぐ私に向き合って、気持ちを伝え続けてくれる)

だから、私も自分の気持ちは伝えたいと思った。

昔から〝運命の赤い糸〟に振り回されてばかりで、自分の気持ちはもちろん、自分の持つ力についてだって人に伝えるなんてありえなかった。

一生そうやって過ごしていくのが当たり前なのだと思っていた。

(でもそうじゃなかった)

ずっと私は彼の愛情の中にいたのだ。深くて温かな愛情の中に。

決意して唇をかみ、顔を上げた。

「直さん、あのね」

「ん?」

「私も、直さんが好きです。大好き」

直さんの目を見てはっきり告げる。

彼なら全部受け入れてくれる、そんな信頼感もあったのかもしれない。

（やっと、ちゃんと言えた）

自分の素直な気持ちを大事な人に伝えたいと思ってたんだ。ずっと、ずっと……。

「よもぎ……」

突然、彼がガタンと席を立つ。そして、私の腕を取った。

そのまま腕を引かれ、レストランを出てエレベーターホールへ向かう。

すぐに来たエレベーターに乗りこみ、部屋のあるフロアのボタンを押した。

「あの、直さん⁉」

「ごめん、大人げないけど、もう余裕がない」

その低い声に、私の胸はドクンッと大きく音を立てた。


部屋の扉が閉まるか閉まらないかのところで、腰を強く引き寄せられ、キスをされる。

「んんっ……！」

舌がするりと口内に滑り込む。歯列をなぞって、口内を全て舐めとるようにした後で、私の舌をつつき絡めるように促してくる。

恥ずかしいけど、自分もそうしたくて舌を絡める。

室内に水音を響かせながら、何度もキスをした。

キスしながらお互いの唾液を交換し合うことすら、ふたりで気持ちよくなる一つのピースになっているみたいだ。

目の前の直さんを見ると、寝不足が続いているせいか目が少し赤いと気づいた。

「直さん、あのっ」

「ん？」

「寝不足でしょ？　私は今日じゃなくてもいつでも……」

「よもぎはわかってないと思うけど、寝不足の方が色々すごいんだよ？」

「どういう意味ですかっ」

意味はわからないが、不穏な予感だけはして情けない声が出た。

彼は苦笑して髪を優しく撫でた。

「ごめんね、最初なのにちょっときつくしちゃったら。あれだけ念入りに準備してたのに、実際こうなってみると思った以上に余裕なくて恥ずかしいくらい」

言い終わらないうちに私の脚の後ろに手を差し込んで、お姫様抱っこをする。

軽々と運ばれた私の体は、広いベッドにどさりと沈められた。

ベッドのスプリングが音を立てると同時に、またさっきより深く何度も唇を貪られる。

「ふぁあっ……、んっ……！」

舌を絡ませて、粘着質な音をたてながらより深いキスを繰り返す。

息するのも惜しんでキスに応えていたら、そんなにお酒を飲んでいないのに、頭がくらくらしてきた。

直さんとのキスはやっぱり好き。優しいキスも、少し苦しいくらいのキスも全部……。

「もっとして」

キスの合間に呟く。

さらに深いキスが続き、唇が離れたと思うと性急に服を全部脱がされる。

プルリと身体が震えて直さんを見上げれば、彼の目の色が変わった。

獣のような彼の目に、もうきっと途中でやめることはできないんだと思った。

そしてやめたくないと強く思っていた。

「んっ……あ、んくっ」

合間にも首筋に、鎖骨に、彼の手が撫でるように這う。

同時に耳の輪郭をなぞるようにキスされて、そのまま唇は胸に落ちる。

唇と同じように、きつく、強く、貪られる。これまでより性急に激しく胸の先端を絡めとる。

「あっ、あ、あぁっ……！」

気づいたら、声なんてもう言葉にならなくなっていた。

（どうしよう、すごく気持ちいい……）

直さんにキスされて触れられるところ全部がどうしようもなく気持ちよかった。

脚の間にはいられ、ぐっと開かれる。

濡れた場所に空気が触れて、慌てて脚を閉じようとするけどそれは許されなかった。

すぐに彼の頭がふとももの間に入り込むと、舌先が濡れた場所をつつく。

「ふっ、ぁあっ！」

この一週間、散々触れられてきたはずだけど、そこに触れられるのは全然慣れない。

しかし、先に待っている快感が想像できるようにはなってしまった。

想像してさらに濡れてしまった場所を、音を立てるように舐めとられる。一通り舐めたあともどんどん溢れてくる場所を見て、彼が嬉しそうな声をあげる。

「よもぎ、期待した？　ここがわかりやすく反応してる」

「あぁん！　っく、あ、あッ……！」

恥ずかしいことを言われながら突然指が差し込まれる。同時に、嫌でも感じてしまう尖りを舌で震わされる。

「あっ、やぁっ、やだっ、いきなりぃ、ぁあああんッ！」

ガクガク身体が震える。怖くてシーツをぎゅう、と強く摑んでいた。

いつも、のぼりつめるのは一瞬だ。

自分でも恥ずかしいくらい、直さんに触れられるだけで気持ちよくなってしまうから。

涙が目じりに引っかかる。彼はその涙を舐めとると、真剣な瞳を私に向けた。

「よもぎ、好きだ。今夜はよもぎの全部を愛させて」

直さんがのしかかってきて私を見下ろし、自分の服を乱暴に脱いだ。

目の前に晒された狂暴なほど鍛えあげられた男の人の肉体に、恥ずかしくなって視線をそらす。

そこで自分だってとっくに何も身に纏っていないと気づいて、また恥ずかしくなる。

なのに部屋の明かりは、ふたりの裸体を煌々《こうこう》と照らしているのだ。

「な、直さん！　電気消して」

「だーめ。もっと全部見せて」

「もう全部見てるでしょっ」

暴れる私の手首を、彼はクスクス笑って軽く握る。そっと額を合わせる。

「なら余計にいいでしょ。それによもぎにはちゃんと見ていてほしい」

「見ていてって何を……」

直さんは私の手に口づけ、その手を彼の顔を見せるように頬にあてた。

「自分が誰のものになるのかを、だよ」

低い男の声に、熱っぽい猛獣のような瞳に、背中がゾクリと粟立った。

少し怖い気持ちと、やっと直さんと結ばれるんだ、という想いがまじりあう。

彼は額と唇に優しくキスを落とすと、軽いキスを繰り返しながら濡れた場所を確かめるように指先で触れた。

「ひゃっ……」

何度か往復した指がそっとナカに沈み込んだ。

これまでも散々慣らされたのに、指が入ってくるときはどうしても緊張してしまう。

探るように一本、二本と指は増え、恥ずかしい音が耳を刺激する。

「あ、ん、あっ、はぁんっ……」

耳に舌が入り込む。勝手に背中がのけぞっていく。

刺激が強すぎて、いつのまにか肩で大きく息をしていた。

「あ、あっ、あっ！　あん、くぅっ、やぁあああぁ！」

的確に気持ちいいところを刺激されると、ビクビクッと身体が跳ねてまた簡単に達してしまう。気持ちよさに涙が一筋零れた。

「今まで自分がどうやって我慢していたのかわからないくらいだ」

汗の滲む額にキスをされ、粘着質な音とともに入っていた指が引き抜かれる。

次は指とは違う感触が入り口に当てられた。それが何かはもちろん知っていた。

「んっ」

「あぁ、やっとだ……」

低い直さんの声が耳元で囁かれる。

そうだ、私もやっと直さんのものになれる。

「よもぎ、入れるよ?」

「はいっ」

頷いた瞬間、ぐぐっとナカを押し広げられていた。

「ひ……！」

無意識に息を止め、目を瞑ってしまう。手はぎゅっとベッドのシーツを摑んでいた。

息をしようとしても、ハクハクと浅い呼吸になってしまう。

（苦しいっ）

指とは全く違うものすごい圧迫感に息が吸えない。

「よもぎ、いい子だから息は止めないで」

「でもっ」

直さんは私の唇に口づける。そして無理矢理に唇をこじ開ける。ぴちゃ、と舌が絡む。

直さんはさっきまでシーツを握り締めていた私の手を取ると彼の背中に回させた。

彼の体温を感じ、すっと息が吸えるようになる。

息を吸いながら合間にキスを繰り返していた。彼がさらにぐっと押し入ってくる。

「んっ、いあぁぁぁあんっ！」

おなかの奥にゴツンと当たった気がした。視界が涙で滲む。

「入ったよ、よもぎ。よもぎのナカ、すごく気持ちいい」

少し余裕のない声。私の髪を優しく撫でる大きな手のひら。

安心感から目尻に引っかかっていた涙が頬に一筋落ちる。

彼はそっと唇で拭った。

「よもぎ、痛い？」

「少しだけ……。でも大丈夫」

「そっか。よかった」

彼はまだ少し心配そうな視線を私に向け、私は苦笑した。

さっき涙を流してしまったからかもしれない。

私はそっと彼の耳元に囁く。

「あのね、直さんでお腹いっぱいな感じがするだけですから、本当に大丈夫ですよ？」

「最高にかわいいな」

ちゅ、と額に、唇に、首筋に、労わるように口づけられる。

そのたびにナカに彼がいるのが自覚できる。

（これが一つになるってことなんだ……）

――肌を合わせたら感覚でわかることって、〝運命の赤い糸〟とか、言葉以上にあると思うから。

ふいに以前の彼の言葉が思い出される。

確かにこれは感覚でしかわからないものだった。

ただ一つ言えることは――。

「幸せ……」

それだけだ。

直さんが「僕も幸せ」と呟いて微笑む。ふにゃ、と笑って返した。

「……よもぎ」

「どうしました？」

「ごめん、かわいすぎて限界。このまま待ってあげたいけど無理みたい。動かせて」

「う、動くって、ちょ、まっ……あぁんっ！」

急に彼が半分くらい引き抜いて、戻ってくる。

戻ってきた勢いで先ほどより深いところに触れて、身体が震えた。

「ちょ、待って、直さんっ」

「だめ、止まれないっ」

腰を持たれ、揺さぶられる。

「やぁあっ、はぁんっ、いっ、あぁぁっ！」

指でナカの気持ちいいところに触れられたとき以上にクラクラする。

自分でも知らなかった深い部分をえぐられる。

普段の直さんからは想像もできない激しい動きに、彼の余裕のない顔に、胸がぎゅうと摑まれた。

それから先の記憶は半分くらいない。

気づいたら、直さんの背中にしがみついて、爪を立てていた。

勝手に出る声が恥ずかしくて、唇を噛んで耐える。

「んっ、ふぁっ……！」

「よもぎ、声、殺さないで」

「はいっ、ひゃんっ……ひゃあ、んんっ！」

「いい子だね、もっと声を出して。気持ちいいところももっと教えて」

「あ、あ、あっ……！　直さん、どうしようっ、変っ、変なのっ……！」

動かれ、声をかけられると、どうしようもなくどんどん体温が上がっていく感覚がある。

それと同時に、びりびりとした刺激も身体を駆け抜ける。

お互いの息が熱くて荒い。

そんな息遣いが、声が、室内に響いて、快感を増幅させていく気がした。

彼はキスし、揺さぶりながら問う。

「変？　どんなふうに？」

「気持ちいいっ、んんっ……」

「うん、そうだねっ……僕もすごく気持ちいいっ」

「あんっ、あぁっ、嬉しいっ、直さんも、同じなんだっ……」

自分と彼が同じだってことに、嬉しくて微笑んだ。

直さんも嬉しそうに微笑むと、私の唇にまたキスを落とす。

そして、さらに律動を速めた。

「んっ、かわいすぎるっ、好きだよ、愛してる。よもぎ」

「私も大好き、直さんっ。直さぁんっ、あぁああンッ……！」

チカチカと目の前がフラッシュする。

なのにさらに深いところを彼がえぐって、もっとのぼりつめることになる。

「やぁっ、また！　あぁぁあああっ……！」

「僕ももうイクッ……くっ……」

直さんの低くうめく声が耳に響く。

意識が飛ぶ直前、私と一つになった彼の熱が、私の中で熱く弾けたのを感じた。

第九章　僕と運命の赤い糸の話（直side）

――直って、必死になることとないの？

最初の彼女と別れたときに言われた。

確かにそれまで必死に何かした経験はなかったし、必死になってまで何かを手に入れたいと思ったためしもない。

――誰かを特別に愛せないなんて、人間らしくないわよね。

三人目の彼女には別れ際、そうも言われた。

彼女も他の人もみんな嫌いではない。良くも悪くもフラットなのだ。

付き合ってほしいと強くせがまれれば付き合ったし、付き合っている間は他の女の子と浮気なんてしなかった。むしろ他の子の告白を断る口実ができた、くらいに思っていた。

でも別れた三人目の彼女が言うには、人間それではいけないらしく、特定の誰かに対して『愛情』や『関心』を持たなければいけないようだ。

それが当たり前にできない時点で、きっと僕はどこか欠落した人間なのだろうと、そんなふうにずっと思っていたんだ。

（こんな僕が〝恋をする〟なんて人間らしい感情をもつのはきっと一生無理なんだろうな）

絶望ではなく、ただ淡々とそんなふうに思っていた。

よもぎに関していえば、最初は本当に妹みたいなものだったし、フラットな僕にしては珍しく、本音ではちょっと鬱陶しいなんて感じる場面もあった。

というのも、幼い廉が僕について回るから、自然によもぎも僕について回って、ふたり揃ってひな鳥のように僕の周りで騒いでいたからだ。

僕はその頃受験勉強もあったし、跡取りだというプレッシャーもそれなりにあった。

しかし、あまりにも廉とよもぎが僕の周りでピーピーギャーギャーとうるさいものだから、腹に据えかねた僕は色々調べ、結果、『催眠暗示』なんて怪しいものをかけてふたりを静かにさせたりしていたのだけど……まぁ、それも今となってはよかったのかもしれない。

ともかく、よもぎは幼い頃から廉が好きで、それは誰から見てもわかりやすかった。

でも、少し大きくなってもよもぎは廉の告白に応えるわけではなくて不思議だったし、僕を見るたび視線を下にさげ、何か別のものを見ている……いや、確認しているような気がしていた。

よもぎが気になりだしたきっかけは、そんな小さなことだった。

変わらない日々が続く中で、僕はよもぎが幼いころに言っていた言葉を思い出した。

『わたしと直兄がすごく長い糸で繋がってる』という言葉だ。

ただの子どもの空想だと思っていたけれど、少し気になって調べてみると、よもぎの母方の実家が縁結びで有名な春日園神社であると知る。

（なにかあるのだろうか？）

その頃、自分が研修医として勤務していた矢嶋総合病院にさくらの彼氏で弟の親友の櫂が入院してきた。そして意外にも櫂がヒントをくれたのだ。

櫂の様子を見に病室に入ったある日、櫂が大事そうに古いお守りを持っていた。

櫂のイメージには少し不釣り合いなかわいい赤色で花柄のお守りだった。

「それ、なに？　お守り？」

「春日園神社のお守り。さくらとよもぎの母方の実家の神社。知ってる？」

「あぁ、名前くらいは」

その名前にドキリとした。最近、調べたばかりの名前だったから。

でもチャンスだと思った。櫂は何か知っているんじゃないかと感じて口を開く。

「そこって、どんな神社なの？　櫂にも何か関係があるの？」

「さくらには話したんだけど、僕の曾祖母と曾祖父はここの縁結びのおかげで結婚したんだ。当時はお見合い結婚が多かったけど、恋愛結婚でさ」

櫂はそんな話をした。僕は首を傾げる。

「縁って？」

「変な話なんだけど、さくらの曾祖母がそこの巫女さんでね。その人は〝運命の赤い糸〟

が見えたんだって」

「え……。い、糸?」

また同じキーワードが出てきて、ドキリとする。

――わたしと直兄がすごく長い糸で繋がってる。

(あの言葉は本当だったのか? よもぎは〝運命の赤い糸〟が見える? ……いや、まさかな)

とりあえず自分の考えを否定したけれど、続きを聞きたくなって促す。

櫂は続けて話してくれた。

「うん。それで、うちの曾祖母と曾祖父は結ばれてずっと仲良く暮らしていけるって予言したみたい。『〝運命の赤い糸〟が繋がってるから』って」

櫂の言葉に息をのんでいた。櫂は苦笑して続ける。

「バカみたいな話でしょ? でも、結婚後も本当にずっと仲が良かったらしいんだよ。残ってる絵も、写真も、全部ふたりが寄り添ってるものばっかりでさ」

「…………」

いや、まさかそんなことあるはずない。

嘘だと思う気持ちと、あのときのよもぎの嘘のない表情の間で揺れ動く。

ただ、その時点では、真偽はまだ半々くらいに思っていた。

「今はそんな話はなくて、婚活神社なんて言われてるらしいんだけど……。僕はさくらが好きで、こんなお守りに頼ったわけ。まぁ、これのおかげなのか何なのかはわからないけど、さくらと付き合えてるし、ラブラブだしで、効果てきめんだね」

　櫂は笑う。櫂の幸せそうな表情に僕も微笑んだ。

「うらやましい話だな」

「直さんも彼女を作りなよ」

「ちょうど振られたところ。人間らしくないって捨て台詞吐かれて」

　タイミングがいいのか悪いのか、三人目の彼女に振られた直後だった。

　櫂は「あははは！」と心底楽しげに笑いだす。

「なんで笑うのさ」

「いや、だってありえなさすぎておもしろくて」

　そんなふうに初めて言われたな、と感じたとき、櫂はこちらを向いてはっきりと言う。

「直さんは愛情深い人だよ。深すぎるくらい」

「でも、好きな子がいたこともないよ。女の子と付き合うときも自分が好きになったわけじゃなかったし。僕は恋愛には向いていないみたいだ」

　三歳年下の櫂に何を話しているのだろうと思ったけれど、櫂は年齢を感じさせないところがあって、ついそんな相談をしていた。櫂はクスリと笑うと口を開く。

「それはまだわかってないんだよ。きっと相手に気づけば嵌《は》まると思うよ」

「『気づけば』って？　普通、『出会えば』でしょ」

「いや、もう出会ってるのかなぁって思ったから。さっきから〝運命の赤い糸〟の話、ずっと真剣に聞いてるでしょ」

燿は口角を上げた。僕は突然よもぎの顔を思い出して、言葉に詰まる。

(なんで今よもぎの顔が出てくるんだ？　よもぎはまだ高校生だ。僕はロリコンじゃない)

そう思って焦ったとき、燿が、「はっ……」と気づいたように自分の口をふさいだ。

(まさか、よもぎを思い出してたのがバレた？)

本気で焦った僕を見て、燿は、「さくらはダメだよ。さくらは絶対だめ！」と叫ぶ。

燿の言葉を聞いて、なぜかホッとして返す。

「大丈夫だよ。さくらは妹みたいなものだし。それに――」

続く言葉に詰まると、燿は微笑む。

「それに、僕が死んだらきっと伸がさくらを守ってくれるからね」

「……死ぬなんて縁起でもないことを言うなよ」

「一番僕の未来がわかる医師がそんなふうに言わないでよ」

燿は自分の運命全てを受け入れて穏やかに笑っていた。

あのときの燿との会話を、燿が亡くなった後も僕は何度も何度も反芻していた。

それから燿が亡くなって、僕はそれが思った以上にショックで呆然としていたけれど、同じようにショックを受けたはずのよもぎが、すごくさくらを心配していた。

そのあまりの必死さを見て、僕は頬を叩かれた気分になった。

──さくらのことが好きなら、離れないでそばにいてちゃんと伝えて。さくらがここにいたいって思えるまで、毎日、さくらのそばで伝え続けてよ。『好きだ』って、『愛してる』って。お願いだから仲、一緒にさくらを助けて！

必死に叫んでいたよもぎ。

それを見て、聞いて、僕の頭には一つの仮説がよぎった。

（もしかして、さくらの糸は櫂と繋がっていたのか？）

よもぎの必死さと、あの櫂の言葉もあり、僕もさくらと仲のふたりの仲をできる限り応援したのだ。


そして二年後──。

ふたりがようやく付き合いだしたとき、よもぎが僕の横で泣きながら呟いた。

「仲とさくらの糸が繋がった……！」

よもぎが僕の前で油断してポロリとそんな発言をしてしまったことが嬉しかったけれど、よくそんなガードの緩さで今まで赤い糸の存在を隠し通してこれたな、とも思い、僕は思わず吹き出した。

（やっぱりよもぎには〝運命の赤い糸〟が見えているんだ）

そんなふうに思えば、彼女が廉の告白を受けない理由も、僕の左手とその下ばかり見ている理由までなんとなく繋がってしまって……。

気づいた瞬間、僕は心が掴まれた気がした。

それからだ。一途に廉だけを見つめる彼女の姿に胸が痛くなり、弟にまで強く嫉妬し始めたのは。

よもぎの言動と視線を見るに、きっと彼女と僕の糸は繋がっているのだろう。

それがたまらなく嬉しくて、僕は自分が本当に〝恋〟なんてものをしているのだとやけに実感していた。

それからは、計画に計画を重ねて、よもぎが自分のところに来るように、彼女にこちらを向いてもらえるように、綿密に考えた。

よもぎが頑張って参加し続けた合コンだって、全部裏で手を回して、参加した男たちに間違っても彼女には手を出さないように釘を刺した。

なんなら参加する男のほとんどを僕の知り合いで固めたりもしていた。

そして色々なことが、全てうまく回りだす。

そうなればいいなと動かしたピースが、全部うまく嵌まる。

〝運命の赤い糸〟で繋がっていれば、僕が行動すればするほど、ふたりの仲を後押しするように全てのできごとが動いていくのだろう。

(それなら、僕はよもぎといられる未来のために種を撒《ま》き続けよう)

僕はふたりを繋ぐ〝運命の赤い糸〟に賭けたのだ。

しかし、いざ、よもぎと恋人同士になってみれば、僕は少しだけ不安になった。

これは自分が全部糸を引いた結果なのだ。

（このままよもぎの意思は無視したまま進んでいいのか？）

でも、よもぎははっきりと言ってくれた。

あれだけはっきり言葉にするのを恥ずかしがって、怖がっていたよもぎが。

『私も、直さんが好きです。大好き』

よもぎの言葉を聞いて、僕はもう何も迷うことなく、彼女の方だけを見て、彼女のためなら何だってして、一生彼女だけを愛していこうと心に誓った。

——彼女を初めて抱いた夜。

僕の腕の中でぐっすり眠るよもぎにキスをして、「愛してる」と囁く。

よもぎは、ふふ、と楽しそうに笑って、また寝息を立て始める。

そんな彼女の左手をもって天井の光にかざすと、薬指に〝運命の赤い糸〟が見える気がした。

僕は糸を閉じ込めるように、彼女の指に触れた。

第十章　二十センチ↓?センチ

「ふぃぎゃっ。……ふぉっ。……ふぁっ！　なにっ⁉」

私は飛び起き、そして自分が全裸であることに驚き、自分の手を見てさらに驚き、最後に左手の薬指を見て叫んだ。

隣にいた直さんが愛おしそうに目を細めて「おはよう」と言う。

「直さん！　なにこれっ」

「え？　また短くなった？」

「短くなってる！　なってるけど……！」

左手の薬指の〝運命の赤い糸〟はしっかり短くなっている。

しかし今、問題はそこではない。

「指輪って！　勝手にこんなものはめてどういうつもりですかっ」

その赤い糸を逃さない、とでもいうように、左手の薬指にダイヤの指輪がはまり光っているのだ。

（指輪って……。寝ている間に勝手になにしてるの！）

彼は起き上がるなり、私を後ろから抱きしめる。

そして私の左の手ひらにするりと指を這わせるとぎゅっと握って左手を上にあげる。

ダイヤが朝の太陽に照らされ、またキラリと光った。

「だって結婚するわけだしいるよね。ホントぴったりだねぇ、すごく似合ってる」

直さんは耳元で笑う。

「なんで？　何で結婚？」

「えー？　だって約束したでしょ」

「約束？」

「うん。『来週は最後までするよ。そのときはもう容赦しないし、その日から避妊もしないから。だから結婚もね？　来週、約束』って言ったの覚えてないの？」

「な……、な……！」

（ちょっと待って！　それはいつの話？　来週最後までするって話のとき⁉）

あのときは確か意識朦朧《もうろう》としていてあまりちゃんと話を聞けてなくて。

何かの約束はしたけど、それは最後までするって約束だけだと思っていた。

（っていうか『避妊もしないから』とかあっさり言ってるけど……！）

言葉に詰まって口が開きっぱなしの私に、直さんはキスをして微笑んだ。

「そういうわけで、これから子どもができるまで避妊もしないし、子どもはつくる前提だからすぐに入籍しないといけないね」

「ちょ、ちょっと待ってください！　なんでそんなこと勝手に言い出してるんですかっ」

突然、直さんは悲しげに愁いを帯びた表情をする。

「よもぎは、これから僕以外の誰かと結婚する可能性があるの？　僕のことは遊びだったの……？」

流れてもないのに切ないBGMが聞こえる気がした。

（デジャブ？　これデジャブじゃない……？）

「そ、そんなわけないでしょ！　でも、結婚とか子どもとか、そんなの早すぎて、心の準備が何もできてないですっ」

私が叫ぶと直さんは目を細めて微笑み、優しく私のお腹に触れた。

「子どももうできてるかもしれないよ？　昨日だって、少なくとも子どもができるようなことを七回はしたわけだし。よもぎだってここにたくさん僕の愛情を注がれたの、しっかり覚えてるでしょ？」

「うっ……。そ、その回数とか今言う必要あります？」

昨夜、一度してから直さんはタガが外れたようにその後も私を抱いた。

そんなわけで初めて繋がれた夜だというのに、とんでもない回数をする結果となった。

彼は嬉しそうに目を細め、私の髪を撫でる。

「それに心の準備なんてしなくていいよ」

「どういうことですかっ」

「どうせよもぎはさ、考えすぎてドツボにはまるんだから」

爽やかに微笑みながら指摘される。

（内容は爽やかじゃないし、この人、私を軽くディスってませんか？）

「そ、そんなことないです」

「でも、時間を置いたら『同じ力を持ってる子どもが生まれたらどうしよう』とかグダグダと考えるんでしょ？」

「そ、そんなの当たり前……んんっ！」

言い終わる前、後頭部をもたれ、キスをされる。

（なんでまたこのタイミングでキスしたの！）

唇が離れたと思ったらすぐに戻ってくる。

苦しくなって少し唇を開いたら待ってましたとばかりに舌が入り込んできた。

絡められる舌に、最初は突っ張って我慢していたのに、結局舌を絡め返しちゃう。

（あーそうよ、だから直さんが調子に乗るのよ！）

そうは思うのに、キスのあと目を開けたら彼の顔が間近に見えるのに安心する。

大好きなの。それがわかっていてやってくるから始末に負えない。

長い長いキスの後、やっと本当に唇が離れ、文句を言おうと口を開いた瞬間、

「よもぎの分も僕がちゃんと心の準備をするからさ。よもぎも子どもも全部受け入れるから。よもぎは心配しないでいい」

直さんが真剣に言う。

言葉と内容にぎゅうっと心が掴まれてしまった。

「うぅ……」

どうしてこうタイミングも、言葉もうますぎるのだと責めたくなる。

(直さんって医師じゃなくて詐欺師なんじゃない？)

たとえ本当にそうだとしても嫌いになれない自分に気づいてしまう。

「だからもう諦めて、身体だけじゃなくて、全部僕のものになってくれない？」

彼は私の頬を優しく撫でる。私はぐっと顔を下に向けて口を開いた。

「わ、私、こんな力を持っているんですよ？」

「そんなよもぎだから好きになったんだって。よもぎの力も含めて好きなんだよ」

「看護師でも医師でもないから、直さんの仕事だって助けられるわけじゃないです」

「仕事ではね、助けてくれる仲間はたくさんいるよ。よもぎも知ってる通りスタッフもいい人ばかりだし。でも、仕事以外のところは、よもぎにしか無理なんだ。よもぎがいないと僕はだめになる」

「も、もし糸が長くなったら？　私、どんな顔をしていいのかわからなくなります」

「大丈夫だって。保証するって言ったでしょ。僕は自分でも気持ち悪いなって思うくらいよもぎが好きだし、よもぎを手に入れるためになんだってしてた。これからも、よもぎが僕のそばから離れないように、きっとなんだってしちゃうと思う」

　ちょっと「ん？」と思うところがあったけど、直さんは私の額に自分の額をくっつけて続けた。

「ちなみに、糸は今、どれくらいになっているの？」

「に、二十センチくらいになってしまっています……」

「へぇ、嬉しいな」

　そう。二十センチは、もう結婚何年目かの仲の良い夫婦でもなかなかないくらいの短さだ。

（っていうか、なんでこんなスピードで短くなるわけ？）

　見たおぼえもない速度に私だって誤作動ではないかと疑い続けている。

「これまで、こんなにはやく短くなるなんてなかったのにどうして……」

　思わず呟く私に、彼は「そんなの簡単な話だよ」とあっさり告げる。

「最初から僕の気持ちはよもぎまで一ミリもないからね。だから、よもぎの気持ちだけで短くなっていってるんだよ」

　彼は見えてもないのに当たり前のように言った。

（見えてないくせに！　なのに、やけに説得力があるのが不思議）

　慌ててかぶりを振って、「そんなの嘘です！」と叫ぶ。

　すると直さんは微笑み、私の左手を取った。

「嘘かどうか、よもぎがこれからの人生で確かめてみなよ」

左手の薬指にキスをし、私の目をまっすぐ見つめる。

彼は少し緊張した面持ちで息を吸って口を開いた。

「だから、日向よもぎさん。僕と結婚してください」

胸が喜びで溢れたのがわかる。

なんでこの人は、こういうタイミングでこういうことを言うんだろう。

「……なにそれ、ずるい」

「ずるくてもいいんだ。よもぎと一緒にいられるなら」

意地悪でずるくて、腹も立つのに、胸はときめいてしかたない。

彼はわかっていると言わんばかりに口角を上げる。

対して私はムッと唇を曲げたが、結局これは勝てない戦いだ。もうとっくに勝負はついているのだから。

(そんな余裕の顔で笑って、答えはもうわかっているんでしょう?)

だけど、これは口にしないといけないんだろう。

自分の未来を、自分で選ぶために——。

私はすうっと大きく息を吸いこむ。覚悟を決めて口を開いた。

「私も直さんと結婚したい。よろしくお願いします!」

叫ぶなり、小さい頃みたいに直さんに飛びつく。

直さんは私をぎゅうと抱きしめ、耳元で嬉しそうに笑った。

それから少し身体を離して、私にキスを落とす。何度も何度も……。

何度目かわからないキスが終わったとき、彼はベッドサイドに置いてあった紙を取り出した。それは婚姻届で――。

「うん、善は急げだ。すぐにこれを出しに行こうか」

「婚姻届？」

「そう」

確かにテレビとかで見るのと同じ婚姻届。しかも私が記入する以外の場所がばっちりすべて埋められている。

（ちょっと用意よすぎませんかねぇえええ！）

プロポーズって受けたらすぐに結婚するものだなんて思ってもなかった。

「印鑑もさくらに借りてるからね。証人欄も書いてもらったし」

私に印鑑とペンを手渡しながら、直さんはニコリと笑う。

「……早い」

オッケーだと返事した手前サインしないわけにもいかなくなり、その場で、つまりベッドの上で婚姻届にサインをさせられた。

そのまま流れるように、バスルームで身体を洗われ、スッキリしたところですぐに着替えさせられる。

足早に区役所に連れて行かれて、休日窓口に婚姻届を出す。

気づいたときには『おめでとうございます』と受付のお兄さんに微笑まれていた。

知らなかったけど、結婚って案外あっさりできるものらしい。

「一応、よもぎの両親にもうちの両親にも先に報告しているけど、ふたりそろってまた挨拶しに行こうね」

ホテルに戻り、直さんが幸せそうな笑顔で言う。

言っている間にも、ベッドの上に乗せられて、合間にキスされ、なぜだかゆっくり脱がされているのが不思議で仕方ない。

もうそんなことがおかしいと考える間もないくらい、なんだか私の頭はボーっとしていた。

昨日の七回がある程度影響しているし、彼に帰り道で何度もキスをされて、恥ずかしい思いをさせられたからでもある。

「両親に報告っていつの間に……。っていうか、直さんのお父さん、病院長なのに全然お見かけしないんですけど」

「あぁ。あの人は基本的に全国飛び回ってるし、今は病院長って肩書は形だけだから。実質決定権は全部僕にあるんだ」

「へ、へぇ……」

今更それを知っても、何も変わらないのに不思議と不安になった。

不安ついでに、もう一つ知りたくなって口を開く。

「ちなみに、ちょっと気になっていたんですけど……。直さん、『よもぎを手に入れるためになんだってしてた』って言ってたでしょう？　なんですか？　何をしたんですか？　まさか犯罪なんてしてませんよね？」

彼のなんでもは本当になんでもに思えてしまう。

私が恐る恐る聞くなり、直さんはクスリと笑った。

「まさか。そんなことしないよ。すっごく小さなことだよ」

「たとえば？」

「うーん、たくさんあるんだけど……。たとえば、うちの病院の唐揚げ定食が三百八十円になったのは、よもぎがうちで働く前提で決めた価格設定だとか」

思ってもいなかった方向からの回答に私は目を見開いた。

「か、唐揚げって……」

「ね、小さなことでしょ？」

「ま、まぁ、唐揚げ定食の値段くらい小さいか……」

そこである矛盾に気づく。

松井さんに聞いたが、唐揚げ定食は最近安くなったわけじゃないらしい。

「それちなみにいつ決まったんですか？」

「僕が副病院長になったときだから二年前かなぁ」

直さんは淡々と言う。

「二年前⁉」

（え？　私が矢嶋総合病院で働くっていうのは、二年前には想定されていたの？　つまり、それはどういうこと⁉）

混乱しながらも私は、ふとある出来事に思い当たってしまった。

私が以前勤めていた名木医院は、直さんからの紹介だった。

「な、名木医院とは何も関係ないですよね？　あれ、純粋に紹介してくれたんですよね⁉」

「うーん、名木医院は三年前にはもうとっくに閉院するって決まっていた、っていうのもあるかな。よもぎには直前まで黙っておいてもらったけど」

「三年前⁉　そ、それ、私が勤め始めたころじゃないですかっ」

閉院予定を知ってて私に勧めたなんて。

（意味がわからない……！）

絶句している私とは対照的に彼は悪気のない口調で「副病院長の仕事がある程度落ち着くのにも、色々な根回しをするのにも時間かかっちゃうってわかってたし」と呟いていた。

根回しってなんだ、とか色々知りたいことがまた増え続けているけれど、そもそも私が医療事務の仕事に就いた理由を今思い出してしまった。

「『医療事務の資格があれば就職に困らないよね。よもぎ取ってみれば？　よもぎはいい子だし、病院の受付とか向いてるよ』って五年前に言い出したのも、直さんでしたよね」

「そういえばそうだね」

「あのときから、まさかここまで想定していたんですか？」

私の声は最後の方には震えていた。

（さすがにそれはないよね……）

彼は頬に手を当て、んー、と考えて口を開く。

「よく考えてよ、よもぎ」

うん、よく考えてみる。

（ないよね？　そんなことないよね？　こんなこと考えるのすら直さんに失礼だよね？）

希望する方向で納得しかけていたのに、彼はあっさりと真相を告げた。

「僕がよもぎを好きになったのって七年くらい前だよ。それくらい予想して準備するでしょう」

「嘘でしょう！」

彼は、嘘なんてつかないよ、と困ったように肩をすくめている。

（ねぇ、私がおかしいの？）

もう何が何やらわからない。

混乱しながらもまた口を開く。とにかく恐ろしい想像を何かひとつでも否定してほしかった。

「で、でも待ってくださいよ！　私が医療事務の資格をとって、名木医院に勤めて、名木医院辞めたって、矢嶋総合病院にくるかはわからないじゃないですか。私が他の病院の面接に受かってたら矢嶋総合病院には来ないでしょ？」

私はいくつもの病院の面接を受けた。最後なんて三時間や五時間もかかる遠くの病院まで受けた。

そう思ったら、残念ながらその全部に落ちたんだけど……。

直さんがニッコリと白い歯を見せて言う。

「『受かってたら』、ね」

「……まさか。なにかウラから手を回していたんじゃないですよね⁉」

「さて、どうだったかなぁ？」

直さんはふふっと微笑む。すごく愉しげな顔で……。

さっきの根回し云々《うんぬん》ってまさか、と考えて背中に冷たい汗が流れる。

つい直さんの両腕をガシッと掴んで揺さぶっていた。

「嘘！　嘘でしょ？　嘘って言って。嘘でもいいから嘘って言ってくださいよ！　なんかそれ、すっごい怖いからぁあああああ！」

七年前からずっとこうなることが計算されていたのだろうか。

しかも、彼は全然悪びれもせずに笑っている。

（怖い。直さん、怖い！）

でも、さっきもう婚姻届けを提出して夫婦になってしまった……。

本気で私が結婚を後悔し始めたとき、直さんが突然真顔になって私の顔をじっと見る。

「よもぎ。まさか、今、糸の長さが伸びたりしてないよね？」

「うっ……」

そう、今ちらりと見たら、糸はしっかり伸びている。

（なんでわかるの？　読唇術だけじゃなくて超能力もあるの？）

彼は微笑み、私の目をじっと見た。

「『いい子』だから素直に教えて？　今、糸はどれくらいの長さ？」

答えたら絶対だめだとわかっているのに、私の口は導かれるように勝手に開く。

「い、一メートルくらいですぅ……」

「ふうん。そんなふうに反応するんだ。それ、結構ショックだなぁ」

「だってぇ！」

泣きそうになって、むしろ泣きながら直さんを見る。

直さんはにっこり微笑んで、「これから散々抱いたら、次はどれくらいになるかなぁ？」と言った。

気づいたらいつのまにか全部服を脱がされていて、慌ててブランケットを頭からかぶって丸くなる。

「なんで勝手に脱がしてるんですか！　もう糸の長さも、これからは絶対に教えませんからね」

「本当はずっと昔から、よもぎには『いい子』って言葉で、なんでもその通りにしてくれるように催眠暗示をかけてるんだけどね。でもあのときはこんなふうに使えるなんて予想できてなかったなぁ」

直さんの低い呟きははっきりと聞こえなかった。

「へ……？　な、何か言いました？」

私はブランケットから少しだけ顔を出す。

すると彼はまた満面の笑みを浮かべていた。

「ううん、なんでもないよ」

次の瞬間、軽々ブランケットを引き剝がされる。

抵抗しようと思ったら、最初に唇にキスをされて、直さんの唇は首筋に落ちた。

またベッドに沈められ、身体中に愉しそうにキスを落としだす彼をチラリと見て、泣きそうになりながら自分の左手を見た。

「やっぱりこの糸、引きちぎれないかなぁ」

「全部聞こえてるよ？」

「んんんっ！」

オシオキみたいな激しいキスののち、彼の顔がまっすぐ私の方を向く。

直さんは私の頰を撫で、愉しそうに微笑むと、

「『いい子』だから、もう二度とこの糸を引きちぎろうなんて思っちゃいけないよ」

と言ったのだった。

エピローグ

半年後――。

「予定日、思ったより遅いのね」

最近もらったばかりの母子手帳を見ていた私は、背後からの声に振り向く。

すると、さくらがいた。

「どういうこと？」

首をひねる私にさくらは微笑むだけ。私は続けて聞いた。

「そういえば、さくらのとこはもう性別がわかる時期？」

「まだよ。でも、次にはわかるかもって」

いつの間にか、さくらは妊娠していた。そして続いて私も。

さくらは、私より予定日は三か月早いけど、生まれる子は同じ学年になるらしくて、私たちはそれを楽しみにしている。

そして生まれる順番については、さくら、私、という、この順番が当たり前だと思っていたけど、さくらはなぜか私の方が早く妊娠していると思っていたらしい。

意味がよくわからないが、結果は似たようなものだった。

私と直さんは入籍してから、文字通り毎日何回も身体を重ね、数か月もしないうちに私は妊娠したのだ。

「それより良かったわよ、直さんとの結婚が決まって。父さんと母さんも喜んでたし、私も嬉しい」

「う、うん。ありがと」

心境的には色々複雑なのだが、やっぱりそれでも彼が好きなのだから仕方ない。

「直さんね、本当によもぎを大好きだし、妊娠してからは余計に心配しているんだから。過保護すぎるくらい」

「それはよくわかってる」

ただ、今はそれこそが問題なのだ。

思い出して顔をしかめていると、「よもぎ?」と聞き慣れた声が降ってくる。

慌てて転びそうになった私の身体を、声をかけてきた当人である直さんが優しく抱きとめた。

(どんな事情があっても、こんなとこで気軽に抱きしめたりしないでほしい)

泣きそうになり、直さんの厚い胸板を押しながら睨む。

「離してください。そもそも、なんでここにいるんですかっ」

ここは矢嶋総合病院の産婦人科の待合室。

実は、今日はこっそりここに来ていたのだ。

「よもぎこそ、なんで健診なんて大事なことを隠しているの」

「い、いいいいいいや、だって直さん忙しいし。付き添いなんていりませんって」

視線をそらしながら返す。

彼は忙しい仕事を調整して、かならず妊婦健診に付き添おうとするのだ。

クスリと笑った彼ははっきりと告げた。

「忙しくても必ず来るよ。それに、ちゃんと担当の藤川《ふじかわ》先生から直接こっちに連絡来るようになっているんだから、隠すだけ無駄だよ」

「う……」

藤川先生の裏切り者。副病院長と私なら、副病院長をとるのは当たり前だけど。

（そもそも健診に付き添ってほしくないから黙っていたんですけどねぇ）

まさか、愛する夫に健診に付き添ってほしくない妊婦がいるとは思わなかった。

その妊婦とは私だ。

いや、夫が普通なら問題ない。そうじゃないから困っている。

私は最近ずっと考えているのだ。

彼みたいな男性に権力を持たせてはいけない――と。

直さんは優しく、しかし絶対逃さないというように私の手を握る。

「ほら、よもぎ。行くよ。今日の健診もしっかり付き添うから」

「やだぁああああ。ひとりで行く。ひとりで行きたい。ひとりで行かせてくださいぃ」

対して私は検査を嫌がる子どもさながら、ぎぎぎ、とその場に踏みとどまろうと必死だった。

彼はそれを見て眉を下げる。

「なんでそんなことを言うの？　僕の子どもも心配だし、何より大事な妻が心配なのに」

悲しそうな彼の表情は、事情を知らない人が見れば間違いなく応援したくなるものだ。

私だって捨てられた仔《こ》犬のような彼の目に、うっ、と一瞬言葉に詰まった。

しかし今日は負けてはいけない戦いなのだ。

ぐっと唇をかみしめ、意を決して口を開く。

「直さん、副病院長の職権を乱用しようとするでしょう」

「だって、よもぎの全部を見たいし、見逃したくないもん。なんのために副病院長なんて面倒な仕事を引き受けているのかって、むしろ全部このためだよ？」

「その理由が一番嫌ですよ！　全国の病院の副病院長に謝ってくださいっ」

私は泣いて叫ぶ。

（しかも、この人が言うと冗談にならない！）

彼はふっと微笑んで、なだめるように私の頭をぽんぽんと叩く。

そして甘くて優しい声を出した。

「ごめんごめん、冗談だって。だから一緒に行こう？」

「ほんとに？　本当に冗談ですか？」

「うん」

「絶対前みたいに、一緒に内診に参加しようとしない？」

「うん」

「本当にホント？　絶対ですよ」

「うん。よもぎが嫌だって言うならしない」

私は眉を寄せ、じぃっと直さんの顔を見る。

ニコニコして相変わらず本心が読みとりにくいけど、私が心配で大好きだっていうのは、手から繋がる〝運命の赤い糸〟の短さで嫌というほどわかった。

しかもそれがかなり短いのは、私も結局彼の暴走はある程度受け入れてしまっているということだ。

「じゃ、行こうか」

直さんが大きな手を差し出して言う。

私は息を吐き、結局のところ今も好きでたまらない夫の手を取った。

＊　＊　＊

「ほんと、あのふたりはいつも仲がいいんだから……」

さくらは、そんなふたりが産婦人科の診察室に入っていくところを後ろから眺めていた。

最後、診察室の扉が閉まる瞬間、

「よもぎ。いい子だから――」

直がよもぎの耳元で何かを囁いていたのすら、ふたりはやっぱり仲がいいなぁ、と何も知らないいさくらはのんびり思っていたのだった。

（完）

3
3

あとがき

はじめまして、泉野あおいと申します。らぶドロップス恋愛小説コンテストでの竹書房賞受賞からはじめて蜜夢文庫より本を出版させていただく運びとなりました。このような機会をいただき、本当にありがとうございます。

あとがきでは本作のふたりと子どもたちのその後について綴っていこうと思います。

まずは、よもぎと直さん。子どもを産んだあとも時折直さんの愛情が重すぎて、赤い糸は一メートルほどまで長くなります。そのたびに、直さんが不思議と（！）察知して、手を変え品を変え、よもぎに許しをこい、また元通りに戻ったりして……。

さくらと伸は相変わらず。さくらの尻に敷かれがちな伸はいつでも嬉しそうです。

そして、それぞれの子どもたちについて。

よもぎは直さんに似た綺麗な顔立ちの女の子（ひな）、さくらはさくらに似たしっかりものの男の子（修）を出産します。子どもたちは従兄妹ながら兄妹のように育ちます。

そんな中、廉と亜依が授かり婚をします。ひなたちと三つ違いの男の子（鷹）が廉たちの間に生まれます。追うようによもぎはひなの妹（ゆり）を出産。

ひなと修、ゆりと鷹は仲良く育ちますが……。

ある日、修と鷹が、さくらとよもぎの会話から赤い糸の存在を知ってしまい、自分たちとひなたちが繋がっていないことも知ってショックを受けます。

そして、ひなが大学、ゆりが高校に入ったころ、やけにふたりに構う男の子が出現したところで、よもぎが挙動不審になり……。きっとそれは糸が繋がっているからだろうと、次は修と鷹が、ひなとゆりの糸を引きちぎろうと奮闘することに。

ちなみによもぎも、直さんには黙っておこうと思っていたみたいですが、なぜか（！）突如ポロリと娘たちの糸の繋がった相手を漏らしてしまいます。そして、修と鷹に協力しようとする直さん。

困った男性陣たちにもめげず、ひなとゆりには初めての彼氏ができるのか……？

子どもたちもきっと普通じゃない恋愛模様でしょうね。


最後になりましたが、この本の出版に携わっていただいたすべての方に御礼申し上げます。そして、この本を手に取ってくださったあなたに心からの感謝を……！

またお会いできる日を、心より祈っております。

泉野あおい

★著者・イラストレーターへのファンレターやプレゼントにつきまして★

著者・イラストレーターへのファンレターやプレゼントは、下記の住所にお送りください。いただいたお手紙やプレゼントは、できるだけ早く著作者にお送りしておりますが、状況によって時間が掛かる場合があります。生ものや賞味期限の短い食べ物をご送付いただきますと著者様にお届けできない場合がございますので、何卒ご理解ください。

送り先

〒160-0022　東京都新宿区新宿1-36-2　新宿第七葉山ビル3F

(株) パブリッシングリンク　蜜夢文庫 編集部

〇〇（著者・イラストレーターのお名前）様

運命の赤い糸が引きちぎれない 次期病院長の愛でがんじがらめにされています

２０２４年９月１７日　初版第一刷発行

著……泉野あおい
画……赤羽チカ
編集……株式会社パブリッシングリンク
ブックデザイン……おおの蛍
（ムシカゴグラフィクス）
本文ＤＴＰ……ＩＤＲ

発行……株式会社竹書房
〒102-0075　東京都千代田区三番町８－１
三番町東急ビル６Ｆ
email：info@takeshobo.co.jp
https://www.takeshobo.co.jp
印刷・製本……中央精版印刷株式会社